KB038255

DREAMBOOKS

DREAMBOOKS

dream
books
드림북스

무당전생 5

초판 1쇄 인쇄 / 2015년 6월 4일
초판 1쇄 발행 / 2015년 6월 11일

지은이 / 정원

발행인 / 오영배
책임편집 / 편집부
펴낸 곳 / (주)삼양출판사 · 드림북스

주소 / 서울특별시 강북구 도봉로 173
대표 전화 / 02-980-2112 팩스 / 02-983-0660
편집부 전화 / 02-980-2116 팩스 / 02-983-8201
블로그 / blog.naver.com/dreambookss

등록번호 / 제9-00046호
등록일자 / 1999년 3월 11일

값 8,000원

ISBN 979-11-313-0200-2 (04810) / 979-11-313-0195-1 (세트)

* 지은이와 협의하에 인지는 생략합니다.
* 잘못된 책은 구입한 곳에서 바꾸어 드립니다.

이 도서의 국립중앙도서관 출판시도서목록(CIP)은 서지정보유통지원시스템홈페이지
(http://seoji.nl.go.kr)와 국가자료공동목록시스템(http://www.nl.go.kr/kolisnet)에서
이용하실 수 있습니다. **(CIP제어번호: 2015015073)**

무당전생 5

정원 신심무협 장편소설

ORIENTAL FANTASY STORY & ADVENTURE

dream books
드림북스

武當前生
무당전생

목차

第一章

좌불안석(坐不安席)

'인간과 차(車)는 떨어뜨릴 수 없는 관계구나.'

다그닥다그닥하고 말발굽 소리와 함께 바닥과 마찰되어 굴러가는 수레바퀴 소리가 귀를 간지럽힌다.

간간히 가파른 언덕길을 올랐는지, 마차가 붕하고 떠오르면서 불편한 진동까지 전해져왔다.

반년 동안 북경에서 금위군의 사범으로 지내는 임무를 받고, 무사히 완수한 후 무당으로 복귀하고 있었다.

다만 혼자서가 아니라, 무당을 떠났을 때 그대로 서교와 함께 동행하고 있었다. 그녀의 소망이 '무당의 속가제자가 되고 싶다' 이기 때문이다.

물론 단둘만이 무당으로 향하는 건 아니었다.

벽력귀수의 일도 있고, 비록 계승권은 존재하지 않아 권력층에서 완전히 밀려났다곤 해도 황족 혼자만을 보낼 수는 없는 일이다.

그래서 원래 그녀의 수하이기도 하고, 진양과 나름 면식이 있는 범중을 포함하여 총 다섯 명의 금의위와 더불어 곁에서 여자로서 그녀의 시중을 들 시녀도 붙었다.

그 외에도 네 마리의 명마(名馬)가 이끄는 사두마차도 지원받았다.

나중에 범중에게 물어보니 이 말 한 필이 일반 서민 일 년, 아니 족히 이 년간의 생활비와 견준다는 걸 듣고 새삼 '서교가 황족은 황족이구나.' 하고 생각하게 됐다.

비록 피 같은 땀을 흘린다는 한혈마(汗血馬)나, 삼국지의 여포나 관우가 탔다던 적토마(赤兎馬) 수준은 되지 않았지만 그래도 체력이나 주행 거리 등이 우수하였다.

힘도 강한 편이라, 나름대로 큰 편이고 화려한 황궁의 마차를 끄는 데는 부족함이 없었다.

"후우. 언제나 느끼는 거지만 마차는 불편하군요."

눈썹을 팍 찡그리면서 진양이 중얼거렸다.

"언제나 생각하지만 아무래도 양 사범은 영 마차와는 맞지 않는 모양이야."

서교가 입가를 손으로 가리고 쿡쿡 웃었다.

이에 진양이 왜 그렇게 생각하냐고 넌지시 물었다.

그러자 서교는 비웃는 것이 아니라, 재미있다는 듯이 미미하게 웃는 얼굴로 답했다.

"이래 봬도 양 사범이 타고 있는 것은 명색이 황족이 타는 마차다. 비록 폐하나 다른 황족 분들이 타는 마차에 비해서 급이 떨어지긴 해도, 그렇게까지 차이가 나지 않아. 그런데 이걸 타고도 불편하다고 하면 세상 어디에도 맞는 마차가 없는 것이지."

"과연."

확실히 그녀의 말에도 일리가 있었다.

하지만 진양이 마차를 제법 타고 다녔는데도 불구하고, 아직까지 익숙해지지 못하고 불편하게 생각하는 데는 나름 이유가 있었다.

바로 그가 마차보다 몇 배, 아니 몇십 배 이상은 편안한 현대 지구의 자동차라는 최첨단 과학으로 이루어진 이동수단을 이미 겪어보았기 때문이었다.

황궁에 갔음에도 불구하고, 신기할 뿐 경악하고 정신을 잃을 정도로 놀라지 않았던 것만 해도 현대 지구에는 그보다 더한 건축물이 즐비하고 있었기 때문이었다.

사실은 진양 스스로도 그 연유를 잘 알고 있었지만, 안다고 해봤자 변하는 것은 없으니 굳이 별다른 말을 하지 않고 서교의 말에 긍정하며 넘어갔다.

*　　*　　*

무당으로 향하는 길은 역시 험난하지 않았다.

황궁의 깃발을 달아, 대놓고 '황궁의 주요 인물 나가신다.' 라는 느낌이 묻어나는 화려한 마차 덕분이었다.

실제로 무당행 도중 중간중간 마을을 들르면 수많은 사람들이 파도처럼 갈라지며 머리를 조아리곤 했다.

진양도 서교와 여행하는 도중, 그 광경을 제법 봤지만 역시 익숙해지지는 않는지 그런 광경을 보면 어찌해야 할지 몰라 하며 얼굴을 붉혔다. 툭 까놓고 말하면 부끄러웠다.

마찬가지인 연유로 그 흔하다는 산적 역시 이번에도 만나지 않았다.

벽력귀수 등의 사건이 있었기 때문인지 호위를 맡은 금의위들이 험악한 분위기를 풍기며 주변을 경계했기 때문에 산적은커녕 누구 하나 접근해오려고 하지 않았다.

여하튼 간에, 무당으로 향하는 여행 중에 시간의 여유가 생기면 서교가 대련을 통해 무공을 가르쳐줬으면 한다 했다.

딱히 어려운 일은 아니기도 했고, 마차 안에서만 앉아있어서 좀이 쑤신 그는 쌍수를 들고 환영했다.

"황궁에서 양 사범에 대한 소문은 귀가 닳도록 들었다. 심지어 대영반께서도 극찬했을 정도여서, 꼭 한 번 제대로 배움을 받고 싶었다."

반년 전, 무당에서 나와 북경으로 향할 때 내외법 등의 내기(內氣)를 갈무리하는 방법은 가르침 받았지만 그 외에는 배운 것이 없었던 서교였다.

마음 같아선 그가 아직 황궁에 있을 적, 금의위 사범으로서 많은 병사와 금의위를 가르치고 있을 때 참가하고 싶었지만 외로워하는 언니 때문에 차마 그럴 수가 없었다.

그때부터 진양에게 가르침을 배우지 못한 것이 무척 아쉬웠는데, 다시 그 기회가 돌아와서 천만다행이었다.

"알겠습니다. 그럼……."

황궁에서 금의위에게 가르쳤던 것은 크게 둘로 나뉜다.

하나는 기초 중의 기초인 내외법학이지만, 이건 서교도 모두 익혔으니 가르침에 포함되지 않는다.

다른 하나는 단체가 특정한 단체나, 혹은 개인과 싸우는 차륜전 등의 진법이었지만 이걸 가르치기엔 좀 애매했다.

범중을 포함한 호위인 금의위 다섯 명에게서 진법에 참여하여 수련을 하기 힘들다고 답변이 온 것이다.

그들은 서교와 다르게 이미 황궁에서 대련을 통한 경험

이 있었다. 하지만 그 경험이 있기에 진법 수련이 얼마나 혹독하고 체력이 소비되는지 잘 알고 있었다.

물론 무인으로서 고수에게 가르침을 받고, 수련을 지속적으로 하는 것 자체는 나쁘지 않다. 도리어 좋은 편이다.

하지만 만약에 체력을 소비했다가 누군가에게 습격이라도 받으면 곤란하다. 내공까지 텅텅 비어서 반격할 수 없을 뿐더러, 최악의 경우 두 눈 뜨고 보호 대상을 어이없게 납치당할 수 있었다.

그 외에도 불침번이라거나, 경계 근무 등의 임무도 있어서 그들 다섯 명은 송구하오나 수련에 참가할 수 없다며 서교에게 사죄했다.

서교는 내심 황궁에서 그들이 받았던 수련을 죄다 함께 경험하고 싶었지만, 그녀도 지휘관으로서 대충 어떤 상황인지 알고 있어 억지를 부리지는 않았다.

그래서 별수 없이 합격진 등, 진법에 대해서는 나중에 기회가 있다면 배우도록 하고, 대신 개인 대련을 통해 가르침 받기로 했다.

"그러고 보니 서교 백호님께서는 금의수호검(錦衣守護劍)을 수련하고 계시지요?"

"그렇다."

금의수호검은 황족을 지키기 위해서만 개발된 검법이

다. 즉, 황궁 무예 중에서도 오롯이 금의위에게만 허락됐다는 의미였다.

참고로 진양의 제안으로 관병들이 새로 배운 금강철벽포와는 비교도 할 수 없을 정도로 상승에 속하는 초일류 무공이었다.

"다행이군요. 솔직히 그 외에는 뭐라 지적하고 도움을 주기가 힘듭니다."

예전에 북경행을 동행할 때는 내외법만 가르쳐 줘도 충분했고, 설사 그 외를 가르쳐야 했다 해도 도움을 줄 수 있는 것이 없었다.

자신이 무림팔존의 반열에 드는 정도가 아니라면, 혹은 무당의 무공이 아닌 이상 다른 무공 초식을 보고 움직임이 어떻다 하기가 힘들었다.

장법이나 권법이라면 정말 어떻게든 할 수 있겠지만, 검법이라곤 어린 시절에 배운 태극검법이 끝이니 어쩔 수 없는 일이었다.

하지만 이제는 아니다.

반년 전부터 백한 명의 금의위의 합격진을 받으면서 실전 훈련을 통해 황궁 무예의 검법과 창법을 질리도록 견식했다.

그중에는 당연히 서교의 주력 검법인 금의수호검도 있

었고, 수많은 초식을 대면해 왔기에 진양도 그들과 서교를 비교하면서 대충 평가해 주거나 도움을 줄 수 있었다.

"그럼 조금 이르긴 하지만, 노숙 준비를 하죠. 식전까지 대련을 해 보는 게 좋을 것 같습니다."

"알았다."

진양의 말대로 마차를 세우고 노숙 준비를 했다.

원래는 그도 도우려고 했지만, 다섯 명의 금의위들은 괜찮으니 신경 쓰지 말고 서교의 수련을 일 순위로 하여 도우라 했다.

그들이 베푼 친절을 굳이 거부할 필요는 없었기에 진양은 알았다 하고 검을 빼 든 서교와 초식을 교환했다.

참고로 절정의 무위에 든 서교는 처음부터 전심전력으로 날아와 검격을 숨 가쁘게 쏟아 냈다.

'황궁에서도 느꼈지만 역시 금의수호검은 괴랄한 무공이다.'

보통 검에 '수호'라고 붙는다면 초식에 방어식이 있어야한다. 또한 초식 자체가 공격보다는 방어에 치중되어 있어서, 적극적으로 먼저 공세를 펼치기보다는 상대를 경계하면서 방어식이나 반격식으로 대응하기 마련이다.

하지만 금의수호검은 전혀 그러지 않았다.

솔직히 말만 수호검이라 불리지, 웬만한 사파 무공에 견

주어도 부족하지 않을 만큼 패도적이었다.

하긴, 황궁 무예의 원류를 떠올려 보면 그다지 이상한 것도 아니다. 회피를 포기하고 방어를 갑옷 등에게 철저히 맡기고, 그걸 기준으로 해서 황궁 무예가 탄생했으니 말이다. 방어식이 몇 없는 것도 당연한 일이다.

그래도 금의수호검은 다른 황궁 무예에 비해 좀 낫다. 비교적으로 초식에 방어식이 간간히 들어간 편이었다.

금의위 중 몇몇이 익힌 무공은 아예 방어식 하나 들어가지 않고 공격에만 치중된 터무니없는 것들도 존재했었다.

금의수호검은 그래도 나름 균형이 존재하는 상식적인 무공에 속하는 편이었다.

"아, 방금 틀렸습니다. 그건……."

사실 가르침이라고 해도, 초식 부분에서 지적할 부분은 거의 존재하지 않았다.

서교 본인도 원래 금의위가 될 만큼 무공이 뛰어나고, 경지도 절정이다.

보통 절정이 되려면 피나는 노력과 더불어 나름대로의 재능, 무공 자체의 수준이 필요하다.

아무리 상승 무공을 익혔더라고 해도 본인의 능력이 좋지 않으면 오르기 힘들다.

금의위에는 절정 수준의 고수들이 즐비해 있어서 흔해

보이지만, 결코 그 수준이 약하거나 한 건 아니다.

괜히 황궁 최대 권력기구이자, 무력 집단이 아니다. 이 자리에 오르려면 기본적으로 실력이 충분히 되어야 한다.

서교는 충분한 재능도 있긴 했지만, 황족이라는 권력과 더불어서 여성성을 포기한 천생 무인이다.

무공에 대해 나름 관심도 많았고, 거기에 평생을 받칠 만큼 게으름 피우지 않고 성실하게 노력했다.

금의수호검에 대한 초식도 나름 대부분 익히고 있었던 서교였기에, 부족한 것은 별로 없었다.

그렇게 약간의 수련과 함께 무당행이 계속됐다.

* * *

요즈음 중원 무림에서 제일 많이 거론되며, 관심이 드높은 단체를 꼽자면 단연 무당이다.

원래 북두소림, 남존무당이라 불리며 도교의 중심지이다 보니 이름이 높긴 했다. 하지만 이번에 어떤 일로 인해 무당파의 명성은 확 높아져 영향을 떨치고 있었다.

“자네, 그 소문 들었나?”

“어떤 소문을 말하는 겐가?”

“후후. 금위사범 진양이 무당으로 복귀한다고 하네.”

"허어, 시간이 벌써 그렇게 지났나?"

중원 무림에서 무당이 관심사로 지목된 연유는 최근 금위사범이라는 별호로 불리는 진양 때문이었다.

그는 황궁 안에 박혀서 금의위들과 함께 단련에만 집중해서 잘 모르고 있었지만, 중원 무림 전체에서 유명인이었다.

이제 막 약관을 벗어난 나이임에도 불구하고도 무당파에서 신진 고수라 인정받은 건 그렇다 쳐도, 대단한 것은 역시 금위군의 사범이다.

확실히 젊은 나이에 그만큼의 무공 수위를 이룬 것도 대단하긴 했지만, 그보다 더더욱 중요한 건 그의 상징성이다.

무림과 관부는 오랫동안 연을 만들지 않았다. 정파나 사파 어느 한쪽이 망할 정도의 전쟁이 일어나도 관부는 웬만하면 정말로 관여하지 않았다.

반대로 무림 역시 관부의 일에 별로 관심을 두지 않았다. 그만큼 두 단체는 서로 무시하고 연을 맺지 않았다.

하지만 지금은 아니다.

진양 한 사람으로 인해 그 불문율이 부서졌다. 어쩌면 역사상 최초라고 기록 남을 정도로의 큰 업적이었다.

당연히 주목받을 수밖에 없었다.

이로 인해 구파일방 중에서 무당의 이름은 확 올라갔고, 위상과 입지가 절로 높아졌다.

황실과의 연이 그만큼 대단하다는 뜻이다.

덕분에 많은 사람들이 여러 목적으로 무당을 찾아왔다.

무당이 있는 호북 땅에서 자리를 잡고 장사하는 상인들이 대부분이었다.

그들은 원래부터 무당에게 일정한 지원을 해 주며 비호를 받고 있지만, 비호보다 연을 조금이라도 더 만들며 친해지고 싶어 방문하는 날이 많아졌다.

그 외에도 무당파에서 혹시 운이 좋아 제자라도 삼아 주지 않을까, 하는 부푼 꿈을 가지고 찾아오는 무인들도 있었다.

특히 제일 많은 것은 아직 어린 자식을 지닌 돈 많은 상인들이었는데, 그들은 언제 무당파에서 또 제자를 받아 주냐고 아우성치며 지원금을 지참하고 방문했다.

무당처럼 구파일방에 속하는 거대 문파 등은 제자를 원래 쉽게 받지 않는다. 속가제자도 마찬가지다.

오롯이 한 세대의 항렬이 바뀔 때마다 제자를 받는다며 문을 열고, 시험을 친다.

물론 무당파의 정식 제자의 추천을 받는다면 굳이 시험을 치를 필요는 없다.

대부분 상인들은 그걸 노리고 무당파의 정식제자들을 찾아가 줄을 서기 바빴다.

덕분에 무당파 내부에서 진양은 웬만한 삼대제자, 이대제자와 비교도 부족할 것 없이 유명해졌다.

무림맹 장로로 파견 나가있는 무당제일검에 비교해도 지지 않을 정도라, 이제 무당제일권이라는 별호를 내려야 하지 않냐고 말이 나올 정도였다.

그러나, 이건 어디까지나 '밝은' 이야기일 뿐이다.

강호에 이런 말이 있다.

'난세(亂世)는 영웅(英雄)을 부른다.'

사람들은 영웅을 좋아한다. 특히 진양처럼 신진 고수의 등장을 환영한다.

하지만 이러한 격언처럼, 영웅이 등장할 때 세상은 꼭 어지럽고 혼란스럽기 마련이다.

실제로 지금의 무림은 이처럼 불안정한 상태였다.

바로 언제 움직일지 모르는 정파와 마교의 관계 때문이다.

용봉비무대회 사건이 일어난 지도 제법 시간이 흘렀다.

정파는 그동안 마교와 언제라도 싸울 수 있도록 여러 준비를 했다. 강호에 나가 있던 신진 고수들 대부분이 문파로 돌아왔고, 안에서 수련 등을 통해 단련했다.

그리고 반년 전 진양이 떠난 이후로, 정파는 그동안 만반의 준비를 했으며 얼마 전에 대부분 그 준비가 끝났다.
이제 누군가 건드린다면 정마대전이 필시 일어나는 일촉즉발의 순간. 다들 그걸 알고 있기 때문에 억지로 밝은 이야기를 쥐어짜내고 그 이야기에 술잔을 기울였다.
수많은 강호지사들은 말한다.
부디, 앞으로도 이렇게 시시콜콜하고 영웅을 칭송하는 대화만 했으면 좋겠다고.

*　　*　　*

하북과 하남을 넘고, 드디어 호북으로 돌아왔다.
진양은 오랜만에 보는 풍경에 기분 좋은 미소를 흘리며 금의위 무리와 함께 무사히 무당으로 복귀할 수 있었다.
다만 도착한 시간이 저녁식사가 다 끝난 늦은 시간대였다.
원래라면 성대한 환영을 받았겠지만, 아무래도 이런 야심한 시각에는 좀 무리가 있었다. 게다가 진양 스스로도 눈에 띄는 걸 별로 좋아하는 성격은 아니었기에, 그냥 조용히 무당파 내부로 돌아왔다.
"마음 같아선 당장 사부님께 문안 인사를 드리고 싶지만……."
단순한 강호행이었더라면 제자의 도리로서 사부님의 존

안부터 뵙는 것이 맞다.

하지만 진양은 원초에 무당파에 나온 것이 호위 겸 사범 임무 때문이었다.

규율로 있는 건 아니었지만, 임무를 마치고 무당으로 복귀하면 제일 먼저 장문인이나 혹은 장로진에게 보고부터 해야 한다는 관례가 있었다.

과거에 무당파 제자 중 한 명이 강호에 나갔다가 임무를 수행하고 왔는데, 당시의 장문인이 피곤할 테니 일단 수면을 취하고 이튿날에 보고하라고 하였다.

나름대로 그 제자의 수고와 고생을 이해하고 배려한 결과였다.

그러나 이튿날에 바로 문제가 터졌다.

임무를 수행한 제자가 하루 늦게 정보를 전달한 사이, 당시 일이 터져서 약간의 피해가 생겼다.

그 이후로 무당파 내부에서는 정말 위독할 정도가 아니라면 일단은 임무의 보고부터 하라는 관례가 생겼다.

"임무를 완수하고 이제 막 복귀했습니다. 어르신들께 인사드립니다."

"그래, 수고했다."

무당의 장문인, 선극이 부드러운 눈매로 웃으며 진양을 반겼다.

"안 본 사이에 많이 의젓해진 것 같구나."

장문인 외에도 이 자리에는 네 사람의 장로진도 자리를 차지하고 있었다.

비록 늦은 시각이었지만, 임무를 수행하러 저 먼 북경까지 다녀온 진양의 복귀 소식을 듣고 다들 한걸음에 달려왔다. 그만큼 북경행의 임무가 중요했기 때문이다.

"감사합니다, 장서각주님."

진양은 눈동자를 굴려 선오를 힐끗 살피고 인사했다.

선오는 그런 진양을 말없이 대견하다는 듯이 쳐다봤다.

그뿐만 아니라 다른 세 장로도 진심으로 자랑스럽다는 듯이 진양을 물끄러미 쳐다보고 있었다.

다들 할 말이 있는 것 같았지만, 진양이 무당에 복귀하자마자 쉬지도 못하고 보고하러 온 것을 알고 있기 때문에 별다른 말을 꺼내지 않았다.

"피곤하겠지만 보고를 부탁하마."

"예."

나름 길었던 여행인지라 확실히 정신적으로 피곤했다. 마음 같아선 당장이라도 방으로 돌아가 이불을 덮고 자고 싶지만 그럴 수는 없는 노릇이었다.

그는 무당산에서 서교와 함께 떠났을 적부터 시작하여 북경에 도착하여 금위사범이 된 일까지 모두 세세하게 빠짐없이 전하였다.

이야기가 끝나자 제일 먼저 들려온 것은 칭찬이었다.

"잘했다. 네 덕분에 우리 무당파의 위신이 섰구나."

요즈음 무당파는 많이 거론되며, 강호의 무림인은 물론이고 일반인들에게도 칭송을 받고 있다.

그 업적은 당연히 진양 덕분이었다.

무당파의 장문인과 그 장로진들은 제자의 업적을 숨기고 빼앗을 만큼 악하지 않다. 도리어 부담스러울 정도로 극찬을 해 주었다.

"마음 같아선 여기서 끝내고 돌려보내 주고 싶지만 그럴 수는 없구나."

"예, 알고 있습니다. 사도련의 일 때문인지요?"

선극은 대답 대신에 머리를 끄덕이는 것으로 물음에 답했다.

방금 전까지 안색이 환하고 부드러웠던 장로진들의 얼굴에도 어둠이 들어앉았다. 곳곳에서 후우, 하는 무거운 한숨이 터져 나왔다.

"그래. 내 네 무공이 범상치 않다는 것을 알고는 있었지만 설마 벽력귀수의 목숨까지 빼앗을지는 몰랐구나."

벽력귀수는 무림팔존 중 하나인 선극에게는 별로 위험이 안 되는 마두다. 하지만 장로진들에겐 다르다.

초절정 중에서도 무공이 높은 편에 속하며 경험 또한 상당한 벽력귀수는 보기 힘든 고수다.

아무리 무위가 높을지라도, 벽력귀수 정도 되는 마두를 상대하려면 주먹에 절로 힘이 들어가고 긴장으로 몸이 뻣뻣하게 굳는다.

그만큼 벽력귀수가 위험한 상대라는 뜻이었다.

"마음 같아선 우리도 네 공을 널리 알리고 싶지만…… 애석하게도 그럴 수는 없겠구나."

선극은 진심으로 미안하다는 기색을 보이며 사과했다. 주변을 보니 다른 장로진들도 마찬가지였다.

"정마대전 때문인지요."

공을 널리 알릴 수 없다는 말에도 정작 장본인은 예상했다는 듯이 그 이유를 추측했다.

"그래."

벽력귀수는 사도련 내부에서도 확고한 위치에 있다.

그 말은, 벽력귀수의 행동이 곧 사도련 전체의 행동과 의지라는 의미다. 실제로 그 말에는 어폐가 없었다.

북경행으로 떠났던 진양을 포함하여 서교를 습격하라고 임무를 내린 건 사도련주였으니까.

어쨌거나, 그런 벽력귀수의 습격 사건을 무림에 알렸다간 문제가 생긴다.

'정마대전이 아니라, 사파와 마교가 손을 잡아서 정파를 친다는 명분이 생긴다.'

다시 생각해도 사도련주는 터무니없이 머리가 좋았다.

벽력귀수를 죽인 일을 강호에 알린다고 치자. 그렇다면 당연히 진양의 명성도 더욱 높아질 것이다.

하지만 그건 어디까지나 개인의 영향이지, 벽력귀수의 죽음과 습격 사건이 끼치는 단체의 영향은 상상을 초월할 정도로 컸다.

정마대전을 앞둔 상황에서 사도련이 움직여서 정파를 친다는 뜻은, 곧 사파와 마교가 손을 잡았다는 얘기로 해석될 수 있었다.

그렇다면 당연히 무림맹을 포함한 정파 무림의 사기는 곤두박질치고 명령 체계가 엉망이 되는 것도 시간문제다. 전쟁에 참여하려는 정파 대부분이 도망칠지도 모르는 일이었다.

알다시피 현 중원 무림은 정파, 사파, 그리고 마교까지 삼분으로 힘이 나뉘어져 있다. 마치 가위 바위 보처럼 균형을 이루고 있는데 여기서 사파와 마교가 손을 잡고 정파와 싸웠다간 그 결과는 불 보듯 뻔하다.

정파의 확실한 패배.

설사 마교가 끼어들지 않는다 해도, 이 현실 때문에 사기는 나락 끝까지 내리꽂힐 것이며 정마대전에 이탈도 번번이 일어날 것이다. 그런 상황은 최악이었다.

전쟁을 앞에 둔 상황에서 그런 소문이 흐르는 것은 결코 허용할 수 없다.

"저도 그 부분은 잘 알고 있습니다. 그렇기에 일부러 북경에 도착했는데도 그 부분은 적지 않은 것입니다."

금위사범의 일도 그렇고, 북경에 도착해서 혼자서 결정을 짓지 못할 일이 있어서 몇 번 서신을 날려 의견을 물어본 적이 있었다.

원래라면 그때 벽력귀수의 일도 쓰려 했지만, 진양은 일부러 적지 않았다.

이와 같은 중요한 정보가 만약 알려지기라도 했다간, 돌이킬 수 없는 일이 벌어질지도 몰라서였다.

그래서 반년이라는 세월이 흘러 무당에 복귀해서야 보고한 것이다.

"이렇게 된 것, 차라리 적극적으로 황궁의 개입을 넣는 건 어떻습니까? 만약 황족을 공격한 사실이 알려진다면 설사 무림과 관여하지 않는다는 관부라 하여도 가만히 있을 수는 없을 겁니다."

"멍청한 놈. 하나는 알고 둘은 모르는구나."

그의 의견에 선오가 끼어들었다.

"사도련주는 이미 황궁에도 금은보화를 이용하여 인맥을 만들어 놨을 것이다. 설사 알린다 하여도 갖은 수법으로 그게 황제의 귀에 들어가는 걸 막겠지. 아마 벽안검화가 이미 황궁에 가자마자 보고는 올렸을 것이다. 하지만 그럼에도 불구하고 이야기가 없는 건……말 안 해도 알겠지?"

"끄응. 확실히 그렇군요."

과연 무당의 제일가는 지혜인 장서각주다웠다.

"그렇다면 아예 대대적으로 발표해서 물고 늘어지는 건 어떻습니까?"

좌측에 앉아 있던 의단궁주, 선몽이 물었다.

"그것도 불가능해. 소문이 퍼지고, 조사가 들어가기 전에 무림맹의 사기라도 떨어져서 정마대전이라도 터졌다간 필패다."

"후……."

좌중에서 무거운 한숨이 터졌다.

이 모든 걸 생각하고 계획한 사도련주의 저력이 얼마나 무섭고 소름 끼치는지 알 수 있었다.

정마대전이 언제 일어날 수 있는지 알고 있다면 조금이라도 나을 텐데, 알 수 없으니 미칠 노릇이다.

아니, 애초에 정마대전을 먼저 일으키려는 것은 정파다.

겉으로는 마교의 첫 공습이라고 생각하고 있었지만, 그

일을 꾸민 건 사도련주니 사실상 마교에게 죄는 없었다.

허나 마교라는 껍질을 뒤집어쓴 사도련에게 습격 받은 것은 비록 거짓된 것이라도 '마교에게 먼저 습격 받았다.'라는 명확한 명분을 만들어 놨다.

여기서 가만히 있다간 정파는 욕을 먹는다. 마교에게 당했는데도 두려워서 움직이지 않고 있다는 의미가 된다.

체면도 체면이지만, 향후 사기 문제뿐만 아니라 최악의 경우 정파의 분열까지 만들어 낸다.

그걸 막기 위해서라도 정마대전을 일으켜야 했고, 마교가 움직이건 말건 간에 정파는 반격이라는 행위를 해야 한다.

"다만 마교가 당최 무슨 생각을 하고 있는지 알 수 없으니……."

마교는 폐쇄된 무력 집단이다.

중원뿐만 아니라 여러 세외 세력과도 교류를 일절 하지 않았다.

들리는 소문에 의하면 천마가 폐관 수련에 들어갔다 하는데, 그것 또한 진실인지 거짓인지 알 수가 없었다.

마교로 첩자를 들여보내고 싶어도, 입교(入敎) 자체를 받지 않으니 알아볼 수 있는 방법 또한 제한된다.

별다른 방법이 없다 보니, 정파 무림이 행할 수 있는 태도는 정마대전 준비를 완벽하게 끝나고 마교를 치는 것뿐이었다.

“일단 오늘은 돌아가서 쉬도록 해라. 먼 북경까지 가서 고생했는데, 이런 일까지 듣게 할 필요는 없지. 다만 이에 관해선 철저하게 함구하도록 하여라. 네 사부나 사저는 입이 가볍지 않으니, 말해도 상관은 없다.”

“예, 알겠습니다. 그럼 전 이만 물러가 보도록 하겠습니다.”

진양이 들어왔을 때처럼 공손하게 포권을 하고 물러갔다.

“청솔 그놈도 참 운이 없지…….”

등룡각의 각주 선철이 혀를 차며 딱한 표정을 지었다.

다른 장로들도 긍정하는 듯 머리를 한 차례 끄덕였다.

이번 북경행 임무의 적합자로 진양을 보낸 것은 그의 사부인 청솔이 행한 일이다.

제자를 정마대전의 한가운데로 보내고 싶지 않은 마음 때문이었다.

그래서 웬만하면 북경에 가서 돌아오지 않으면 싶었다. 설사 돌아온다 하여도, 그 안에 정마대전이 터져서 전쟁에 나가기를 원치 않았다.

하지만 원하는 바가 하나도 이루어지지 않았으니, 그저 딱할 따름이었다.

第二章

속가제자(俗家弟子)

어둑어둑한 장막이 걷히고 눈부신 아침이 밝았다.

청솔은 평소처럼 소미가 가져다주는 조식(朝食)을 먹으려 했지만, 오랜만에 제자가 가져다준 조식을 보고 흠칫 놀랐다.

"왔느냐."

"예, 스승님."

진양의 방문에 청솔은 착잡한 심정을 말로 헤아릴 수 없었다.

제자가 보고 싶지 않았던 것은 아니다.

청솔 역시 평생을 함께해 온 제자를 반년 동안 보지 않았기 때문에 그 얼굴을 조금이라도 빨리 보고 싶었다.

하지만, 그에 모순되게 제자가 오지 않기를 바라기도 하였다.

둘째 제자가 괜찮다면 금위사범으로서 북경에서 오랫동안 있으면 했다. 정마대전에 휘말리지 않도록 말이다.

하지만 애석하게도 그동안 정마대전은 일어나지 않았고, 결국 진양이 무당에 복귀하게 됐다.

참으로 마음이 복잡한 청솔이었다.

"양아, 어서와."

사부와 함께 소미가 가져다주는 아침밥을 기다리고 있던 진연은, 그렇게나 보고 싶었던 사제의 얼굴을 보자마자 마음 같아선 당장 달려들어서 껴안아 주면서 환영해 주고 싶었다.

하지만 어릴 적부터 식사 예절만큼은 엄하셨던 사부님 앞이었던지라, 가까스로 참아내고 조용히 식사를 끝냈다.

"소미만큼 실력은 좋지 않지만 오랜만에 타봤습니다. 북경에서 가져온 용정차입니다."

"음."

용정차라는 말에 천하의 청솔도 눈을 동그랗게 뜨고 놀란 기색을 보였다.

무당의 주방을 책임질 정도의 자리에 오르면 아무리 용정차라도 구하기 힘든 것은 아니다.

그러나 엄연히 손님용으로, 무당의 예산으로 구입하는

것이기 때문에 청솔도 함부로 마실 수는 없다.

그렇기 때문에 청솔에게도 용정차는 귀한 차 중 하나. 이 별미(別味)를 놓치지 않기 위해 그는 진양이 타온 용정차를 손 안에 쥐고 향과 맛을 즐기기로 했다.

진연 역시 뜻밖의 귀한 차에 싱글벙글 웃으며 차의 맛을 봤다.

"자, 소미야. 너도 얼른 마셔보렴."

"야, 양 공자님. 아무리 그래도 어떻게 제가……."

아무리 무당파에서 일을 하고 있다지만, 속가제자는 물론이고 정식제자들도 귀하다는 용정차를 맛볼 정도의 신분은 아니다. 소미가 진연에게 여동생으로서 예쁨을 받는다 해도 그녀 자신은 시동일 뿐이었다.

"괜찮다. 너도 식구지 않느냐."

옆에서 용정차를 음미하던 청솔이 말했다.

이에 소미도 별수 없이 포기하고 용정차를 들었다.

그녀도 청솔을 보좌한 지도 제법 됐다. 그가 두 번 말하는 성격이 아니라는 걸 알고 있기 때문에, 용정차를 조심스레 붙잡고 목 너머로 넘겼다.

'와아!'

차를 머금자, 왜 용정차의 위명이 그렇게 대단한지 알 수 있었다.

우습게도 시동에 불과한 그녀도 나름 다도에 조예가 깊었는데, 청솔이나 진연과 함께 자주 차를 마신 적이 있었기 때문이었다.

"그래. 그동안 무슨 일이 있었느냐?"

차를 다 마시고 난 뒤에 청솔이 물었다.

"그게……."

이에 진양은 기다렸다는 듯이 설명하려다가, 말꼬리를 흐리면서 눈동자를 굴려 소미를 힐끗 쳐다봤다.

"그럼 전 이만 물러가 보겠습니다."

시선을 느낀 소미가 무언가 이해한 듯, 머리를 끄덕이곤 방 바깥으로 나갔다.

"사안이 제법 중요한 모양이로구나."

비록 소미가 시동이긴 하여도, 그녀를 제외한 세 사람은 소미를 자기 식구라 생각하고 있었다.

심성도 고운 데다가, 진심으로 그들과 그녀를 따르면서 시동으로서 여러 방면으로 챙겨주기까지 했다.

또한 제법 오랫동안 같이 지냈다보니, 정도 생겨서 청솔은 소미를 딸처럼, 그 제자들은 소미를 막내 동생이라고 생각하며 귀여워해 주고 있었다.

그런 소미에게 눈짓을 줘서 자리를 피하게 했다는 건, 그만큼 사안이 보통이 아니라는 뜻이다.

물론 그렇다고 소미가 신뢰하지 못할 사람이라고 생각하는 건 아니다.

하지만 혹시라도 소미가 실수라도 발설하거나, 또는 그녀보다 신분이 높은 사람들이 호기심에 묻는다면 시동에 불과한 소미는 차마 거부할 수 없을 것이다.

"예. 그것이……."

진양은 시간을 들여서 차곡차곡 세세하게 그동안 있었던 일에 대해서 이야기해 주었다.

벽력귀수와 싸웠다는 대목에선 청솔과 진연은 걱정을 금치 못하고 괜찮느냐, 다친 곳은 없었느냐 물었다.

그리고 진양이 흉터조차도 남지 않았다고 답하자, 그제야 두 사람은 안도의 한숨을 내쉬었다.

"고생했다. 그리고 네가 정말 자랑스럽구나."

청솔이 부드러운 눈길로 제자를 살펴보며 웃었다.

마음 한쪽으로는 왜 벌써 돌아왔느냐, 하고 답답한 마음에 문책하고 싶기도 했지만 먼 북경까지 가서 고생을 한 제자에게 차마 그럴 수도 없었다.

'이것 또한 운명이라 받아들여야 하는가…….'

벌써 두 번이나 사랑스러운 제자를 전쟁에서 떨어뜨리려고 노력했다. 두 번 모두 최선의 방법이었다.

하지만 그럼에도 불구하고 그는 정마대전의 운명에서 벗

어나지 못했다.

설사 앞으로도 그런 기회가 생긴다 하여도, 청솔은 지위를 이용하여 제자를 빼놓을 수도 없었다.

이미 무당파의 상층부가 청솔이 행한 행위를 알고 있는데다가, 한 번 봐주면서 다음은 없다고 말했기 때문이다.

청솔 역시 다시는 그러지 않겠다고 약조했기에 더 이상 어떻게 할 수 없었다.

'죄송합니다, 사부님.'

그 장본인도 사부가 어떤 노력을 했는지 잘 알고 있다.

마음은 고마웠지만, 그렇다고 식구들을 내던지고 혼자만 살 수는 없는 노릇이었다.

그래도 사부의 헌신과 애정을 느낄 수 있기에 굳이 뭐라 말하지 않고 그저 모른 척했다.

"그나저나 양아, 내 듣기론 무당에 혼자 온 것이 아니라고?"

"아, 그게……."

*　　*　　*

북경에서 금위사범으로 지냈을 적, 서후에게서 여동생을 무당파의 속자제자로 받아줬으면 한다는 의뢰를 새로 받았다. 그래서 진양은 전서응을 무당파로 보내 의견을 물어본 적이 있었다.

당시에 무당파는 이를 흔쾌히 허락했다.

예로부터 무림과 관부는 간섭하지 않는다는 관례 때문에 조금 찝찝하긴 했지만, 그렇다고 황족의 의뢰를 거절할 수는 없는 노릇이었다.

게다가 서후는 엄연히 현 황제에게서 가장 사랑을 받는 여인. 그뿐만 아니라 황후나 다른 첩실들과도 친하게 지내기에 그 영향력이 나름 강하다는 걸 알고도 무시할 수는 없었다.

또한 의뢰를 받는다고 나쁠 건 전혀 없었다. 반대로 황궁과 연을 맺고, 조금이라도 지원을 받을 수 있었다.

물론 그 지원이란 것이 별로 크지는 않다.

알다시피 오랫동안 내려온 관례라는 것은 중요하다.

그걸 무시한다는 건 절대권력을 지닌 황제에게도 부담스러운 일이다. 실제로 황궁 안에서 이런저런 말이 있었고, 황제는 이번 일의 대가로 다시는 무림과 깊이 관여하지 않겠다고 약조했다.

지원이라고 해봤자 약간의 식량이나 금은보화 등 물질적인 수준이지 그 이상도 그 이하도 아니다.

만약 여기서 관병을 빌려준다거나, 혹은 뒤를 봐준다거나 하는 등의 일을 했다간 황권이 약해질지도 모르니 그건 할 수 없었다.

아무리 총애하는 첩실의 부탁이라 해도 적절한 선이 있기 마련이었다.

어쨌거나, 황족의 속가제자의 제안을 받아들여도 딱히 이렇다 할 문제가 없었기에 무당파는 직접 두 발로 찾아온 서교와 만남을 가졌다.

"오랜만에 뵙소. 저번에 방문했을 때보다 그 미모가 한층 더 빛을 발하는구려."

선극이 부드럽게 웃으면서 서교를 반겼다.

"말을 편히 하셔도 됩니다."

서교는 허리를 꼿꼿이 세우고 턱 끝도 살짝 올린 채, 황족의 자세를 풀지 않고 말했다.

결코 선극을 낮게 보고 대한 태도는 아니었다.

어릴 적부터 황궁에서 자라오며, 황족에 맞는 예법을 배웠다보니 이런 태도를 취할 수밖에 없었다.

거의 무의식에 가까운 습관인지라 설사 무림맹주가 와도 황족이나 자신보다 관직이 높은 자가 오지 않는 이상은 자세를 풀지는 않을 것이다.

그 모습을 보고 선극은 쓰게 웃었다.

저런 자세를 취하고 있는데 어떻게 말을 편히 할까.

"아무리 본 파의 속가제자가 되신다 하여도, 황족에게

어떻게 그러겠소? 이 늙은이는 간이 콩알만 하니 부디 사정 좀 봐주시오."

서교는 무당파의 속가제자가 되기로 했다.

원래라면 아무리 정식제자가 아니라 하여도, 최소한의 규율은 지켜야만 한다.

하지만 그러기엔 서교 본인의 신분 때문에 그러질 못했다. 아무리 대대적인 권력이 없는 허수아비 황족이라 해도 황족은 황족이다.

구파일방 중 무당의 장문인이며 무림팔존이라 한들 황족의 앞에서 함부로 대했다간 그건 큰 결례였다.

그래서 차선책으로 그냥 서로 경어나 하오체를 쓰기로 했다.

허락을 받아야 머리를 들어야 한다거나, 하는 등의 세세한 황족에 대한 예우 등은 쓰지 않기로 했다.

어차피 서교 장본인도 어렸을 적부터 가르침 받아 온 예법 때문에 그렇지, 신분이 높다고 고위적인 태도를 보이면서 남을 함부로 여길 생각은 없었다.

"알겠습니다."

서교도 선극의 입장을 알고 있었기에 억지를 부리지 않았다.

"그래, 보아하니 검을 수련한 듯한데……누구와 사제 결

연을 맺고 싶소? 마음 같아선 무당제일검을 소개시켜주고 싶지만 그는 지금 무림맹의 장로직을 맡고 있어서 어렵소. 부디 양해 바라오."

시간이 제법 흘렀지만, 여전히 무당에서 검을 제일 잘 쓰는 사람을 꼽자면 무당제일검 청곤이다.

그를 사범으로 둔 무룡관에서 진성 등의 사대제자들이 눈부신 재능을 보이면서 무위를 높였지만 그래 봤자 청곤과 비교하자면 몇 수 낮은 편이었다.

"괜찮습니다. 장문인을 뵈기 전부터 마음에 정해 둔 사람이 있기 때문입니다."

"오! 벽안검화로 명성이 자자한 분께서 마음에 정해 둔 사람이 있다니. 그게 누구요?"

"그건……."

*　　*　　*

무인들은 대부분 존경하는 사람을 사부로 꼽는다.

하지만 진양은 그중에서도 특히 그 경향이 심하다.

그에게 있어 청솔은 단순한 사제 관계가 아니라, 부자(父子)이기도 하며 신과 그 신을 모시는 신도와 같은 관계다.

그저 겉치레뿐만이 아니라, 그는 자신의 사랑을 담아 진심으로 존경하고 있었다.

여러 깨달음을 얻었는데도 불구하고 아직까지 청솔과 비교하자면 자신은 태양 앞에 반딧불이라고 종종 말한다.

비록 무위만 보자면 이미 제자가 사부를 뛰어넘긴 했으나, 그건 아무래도 상관없었다.

진양은 청솔이 무위가 강하다고 존경하는 것이 아니다. 만약 그랬다면 이미 그 존경심은 성인이 되었을 때 티끌도 남지 않고 사라졌을 것이다.

애초에 청솔 본인 자체가 무공에 대해 딱히 특별한 재능이 있는 것도 아니었을 뿐더러, 이미 그 자신이 무공을 예전에 손에서 놓았기 때문에 무공 수위는 옛날에 차이가 났다.

'사부님은 위대해요.'

어릴 적, 고아였던 자신을 길러준 것에 대한 감사함도 포함되지만 청솔이라는 사람의 인간성 때문이기도 했다.

청솔은 무당파에서 그래도 나름 괜찮은 위치에 있다. 조리원주라는 건 무당파 전체의 주방을 맡는다는 뜻이다.

비록 다른 사대제자들에게는 무공을 못한다며 인기는 없었지만, 그래도 나름대로 권력이 있는 편이었다.

하지만 그럼에도 불구하고 청솔은 딱히 조리원주로서 무언가 오만방자한 태도는 보이지 않았다.

사대제자들뿐만 아니라 하인이나 하녀들, 그리고 나이가

몇 십 년이나 차이나는 시동들에게조차 공손하게 대하는 자세를 잊지 않았다.

그 외에도 좋은 점은 또 있었다.

어느 날 정신적으로 무언가 힘들어하거나 고민하면, 귀신같이 그 점을 찾아내서 그를 불러내 '고민이 있느냐?' 라고 물어보곤 했다.

그래서 진양이 이렇다 저렇다 하며 상담하면 청솔은 말없이 이야기를 다 듣고 난 뒤에 여러 조언을 해 주었다.

이러한 성장 배경 때문인지, 진양에게 있어 사부인 청솔은 조금 과장해서 원시천존보다 더 대단한 위인이라고 생각하게 됐다.

어린아이가 부모님은 뭐든지 알고 있을 것이고, 이 세상 누구보다 대단하다고 생각하는 것과 같다.

진양이라는 인간에게 있어 청솔은 세상의 진리이기도 했다.

물론 그렇다고 해도 솔직히 청솔이라는 인간이 아주 특별하고 대단할 정도의 위인은 아니었다.

장문인 선극이나, 장서각주 선오 등 문파 내에 있는 여러 어르신과 비교하자면 솔직히 객관적으로 청솔이 뒤떨어진다.

그들은 무공뿐만이 아니라, 도가에 대한 깨달음이나 덕 또한 높기 때문에 정신적인 면으로도 청솔보다 대단했다.

그건 부정할 수 없는 현실이다.

진양도 그걸 안다.

감성에 치우치지 않고 누구보다 객관적이며, 현대인의 능동적이고 효율적인 사고방식을 지닌 그가 모를 리 없었다.

'하지만 그래도 사부님은 대단하셔.'

솔직히 말해서 그냥 콩깍지다.

첫사랑에 빠진 소녀가 반한 남자를 보면 코를 파건 코를 골면서 잠을 자건 간에 다 멋있게 보이는 법이다.

이처럼 진양은 청솔에 대한 평가만 나오면 유일하게 객관적으로 보지 못하고 주관적, 그리고 감성적으로 반응했다.

"끄응. 다시 한 번 묻지만, 저와 사제관계를 맺고 싶다는 게 정말이오?"

청솔이 믿기지 않는 듯, 다시 한 번 확인차 물었다.

"예. 이미 장문인에게도 조리원주님만 허락한다면 괜찮다는 답변을 받았습니다."

서교는 반년 전, 북경으로 향하는 마차도 그랬지만 이번에 무당으로 오는 마차 안에서도 진양과 적지 않은 대화를 했다.

비록 그녀는 말수가 많은 편은 아니었지만, 마차 안에 둘만 있어 어색한 공기를 참을 수 없는 진양이 말을 걸어옴으로써 여러 가지 이야기를 나누었다.

그중 대다수가 무학에 대한 것이었고, 서교는 그 대화 도중에 문득 나이도 어린데도 불구하고 그를 고수로 길러낸 스승이 누구인지 궁금했다.

그러다 보니 자연히 청솔의 이름도 번번이 나왔으며, 사부를 누구보다 존경하는 제자는 청솔을 칭송하기까지 했다.

그래서 북경에서부터 무당의 속가제자가 되기로 결심을 했을 때, 청솔의 제자로 들어가기를 결심했다.

"끄으으응……."

장문인에게 허락까지 받았다는 말에 청솔은 앓는 소리를 내면서 어찌해야 할지 심히 고민했다.

알다시피 청솔은 비폭력적인 평화적인 철학 관념과 더불어서 식도(食道)를 위해 무도(武道)를 포기했다.

과거, 막내 제자인 진양에게 간간히 무공을 가르쳐 주긴 했지만 그건 정말 아주 약간이다.

이미 그 당시만 해도 무공을 포기한 지 제법 됐기에 진양에게 스승으로서 무공을 제대로 가르쳐 주지 못해서 미안하다고 한 적이 있을 정도였다.

당연히 꽤 많은 세월이 흐른 지금, 청솔이 할 수 있는 무공은 몇 개 없었다.

아니, 애초에 무공만 보자면 서교가 청솔보다 고수다.

무위가 낮은 청솔이 절정 고수에 이른 서교를 가르칠 수 있는 능력 자체가 없었다.

'딱 봐도 나에게 도를 배우려는 의도는 아닌 것 같은데…….'

그녀가 무공을 배우려는 것이 아니라, 요리나 혹은 도교의 공부를 하고 싶다고 한다면 제자로 못 받는 것도 아니었다. 그 정도라면 충분히 가르쳐줄 수 있다.

하지만 딱 봐도 서교는 무공을 배우고 싶어 하는 눈치.

설사 그녀와 사제관계를 맺는다 해도 스승으로서 해 줄 것이 아무것도 없다.

'그렇다고 그냥 거절할 수는 없구나. 이건 정말 골치 아픈 일이야…….'

서교가 일반 사람이라면 상관없다. 하나도 고민하지 않고 곧바로 제자는 받지 않겠다고 거절했을 것이다.

하지만 알다시피 그녀는 금의위, 그것도 황족이다.

현대 지구라면 모를까, 이 시대에서 황족의 요청을 거절하는 것은 상당한 중죄다. 참수형을 받아도 할 말이 없다.

다른 경우라면 모를까, 특히 이번에는 황족이 스스로 찾아와서 제자로 삼아달라고 부탁을 했다. 거절하기가 무척이나 부담스러웠다.

비록 그녀가 권력과는 멀리 있는 허수아비 황족이라 해도, 알다시피 황제의 애첩의 여동생이기도 하며 — 또한,

황족이란 건 애초에 개인이라기보다는 단체의 입장이다.

여기서 서교의 부탁을 거절한다는 것은 곧 황족 전체의 요청을 거부하는 모양새로 보일지도 모른다.

만약 그렇게 된다면 설사 청솔이라 해도 처벌을 피할 수 없다.

물론 요청을 거부했다고 서교가 불쾌감을 보이면서 황궁에 보고할 것 같지는 않겠지만, 만약 그녀의 청을 거절했다는 것이 알려진다면 그때는 정말 큰일이다.

그 만약의 경우 때문에 청솔은 쉽게 거절하지 못했다.

'제자로 받는다고 해도 문제, 그렇다고 거절해도 문제. 그야말로 총체적 난관이로구나.'

이런 상황에 놓이게 한 막내 제자의 얼굴이 떠올랐다.

마음 같아선 머리라도 쥐어박고 싶었지만, 금세 그 불순한 마음은 사라졌다.

막내 제자, 진양은 스승에 대한 순수한 존경심을 담아서 서교에게 말했을 뿐이다. 서교는 그걸 듣고 멋대로 오해하여 '무공도 그럼 강하겠지?' 라며 찾아왔을 뿐이었다.

진양에게 큰 잘못은 없었다.

'허허. 이것 참 어째야 하는가?'

第三章

질시여강(嫉視女强)

총체적 난관에 빠진 청솔은, 일단 생각할 시간을 달라며 서교를 돌려보냈다.

그리고 곧바로 진양을 불러 사정을 말했다.

"이러이러하니, 그녀와 조금이라도 친한 네가 좋게 말해서 거절해 주면 좋겠구나."

생각할 시간을 달라는 건 거짓말이었다.

설사 제자로 받아들인다 해도, 현실적으로 무공을 가르쳐줄 수 없는 입장이다 보니 속가제자로 받아들일 수 없었다. 그래서 조금이라도 그녀와 친분이 있는 진양에게 부탁해서 대신 거절해달라고 할 생각이었다.

금위사범이기도 했고, 북경과 무당산을 두 번이나 오가면서 친분을 쌓은 진양이 좋게 말하여 거절한다면 자신이 거절하는 것보다는 그래도 사정이 좀 나을 것이다.

"사부님. 그러지 마시고 제자로 받아들이는 건 어떠신지요?"

하지만 진양의 생각은 조금 달랐다.

'속가제자이긴 하지만, 그래도 황족을 제자로 두는 건 보통 일이 아니야. 게다가 그녀의 언니는 황제의 총애를 받고, 궁내에서도 나름 영향력을 떨치고 있어. 그런 사람의 하나밖에 없는 가족을 제자로 두면…….'

황궁의 비호를 받는다.

설사 정파 무림이 사도련이나 마교에 의하여 멸망한다 하여도 청솔만큼은 안전하다.

설사 사도련주나 천마가 무림 정복을 행한다 해도 '무당파의 청솔은 건들지 말라.' 하고 명령할 것이다.

운이 좋다면 진양 본인이나 혹은 사저인 진연도 목숨을 구제할 수 있다. 그만큼 황족의 사제관계라는 건 보통이 아니다. 어떤 재력보다 더 많은 가치를 갖는다.

"속가제자이니 어차피 상승 무공을 가르칠 수 없습니다. 그러니 제가 알고 있는 무공을 가르쳐도 충분하겠지요. 게다가 그녀는 무림의 무학을 배우고 싶어 하는 거지,

딱히 무당파의 상승 무공을 원하는 것이 아닙니다."

"음……."

하지만 청솔 입장에선 조금 마땅치 않았다.

무공을 제자인 진양이 가르친다면, 관계가 정말 애매모호해진다. 그건 진양의 제자이지, 자신의 제자가 아니기 때문이다.

그 마음을 눈치챈 진양이 뒷말을 덧붙였다.

"어차피 딱히 이렇다 할 정도로 좋은 차선책이 없습니다. 만약 그녀가 요청을 거절당하여, 기분이라도 불쾌했다간 정말 큰일입니다."

"……끙."

청솔이 망설이는 표정으로 침음을 흘렸다.

그걸 본 진양이 결정타를 날렸다.

"무당파에서도 원하는 무학이 있으면 따로 사범을 찾아주지 않습니까? 그것과 별다를 것이 없습니다."

맞는 말이었다.

진양만 해도 자신의 무학 대부분을 스승인 청솔이 아니라, 무룡관의 청곤 등 사범을 통해서 무공을 배웠다.

무당파의 제자들 대부분은 스승의 무학을 선택하지만, 그렇지 않을 때도 있다.

주로 적성이 스승의 무학보다 다른 것에 맞춰져 있을 때다.

이럴 경우 무당파가 자체적으로 스승 대신 무공을 가르쳐줄 사범을 찾아주고, 무공 비급을 선사하여 배우게 한다. 무당이 제자들 본인의 도(道)를 존중해 주며 그 능력을 개발하길 원하기 때문이었다.

세간에선 무당의 도사들을 보고 생각이 꽉 막힌 놈들이라고 종종 비난할 때도 있지만, 이런 경우를 보면 꼭 그런 것도 아니었다. 나름 사정을 봐주기도 하는 편이었다.

"후우……알았다. 네 말대로구나."

결국 청솔도 두 손 두 발을 들며 서교를 속가제자로 받아들이게 됐다.

그의 말마따나 선례도 있는 데다가, 서교의 신분이나 상황 등이 특이하다 보니 그냥 넘어가기로 했다.

또한 정식제자가 아니라 속가제자다. 속가제자는 그렇게까지 무당의 규율에 엄하지는 않고, 사정도 있다 보니 장문인이나 다른 장로들도 여러모로 이해해 줄 것이다.

"그럼 사매를 데려오겠습니다."

진양이 씩 웃었다.

*　　*　　*

당연하게도 벽안검화, 서교가 무당파의 속가제자가 된

소식은 얼마 지나지 않아 곳곳으로 퍼졌다.

물론 갑작스레 결정된 것은 아니기 때문에 사람들의 놀람은 그렇게까지 크지 않았다.

북경에서는 이미 서교가 무당파의 속가제자가 되겠다며 떠난 것은 공공연한 사실로 소문이 퍼져 있어서 그렇다.

비록 호북과 북경과의 거리는 제법 됐지만, 자고로 발 없는 말은 빨리 퍼지는 법. 특히 현 중원 무림에서 제일 주목받고 있는 사람 중 두 명이 진양과 서교였다.

덕분에 무당파의 위상은 이번 일로 인해 더욱 커졌다.

다른 누구도 아닌 황족을 속가제자로 받았기 때문이다.

무림맹이나 구파일방 등, 정파 무림 입장에선 좋은 일이 었기 때문에 다들 하나같이 호의적인 반응을 보였다.

"정파가 멸망해도 적어도 무당은 멸하지 않겠군."

"금위사범은 그야말로 영웅이야!"

"비록 그 황족이 벽안검화이긴 하지만, 그래도 대단한 것은 대단한 것이지."

무림과 관부는 서로 간섭하지 않는다, 라는 관례 때문에 황제는 무당파나 정파 무림에 대대적인 지원은 해 주지 못한다. 사람들도 그걸 알고 있다.

이 때문에 북경의 황궁 내부의 정치판에서 약간의 소란이 난 것은 이미 유명했기 때문이었다.

하지만 사람들은 그걸 알고 있음에도 불구하고 꼭 마치 무당파가 황궁에 들어간 모양새마냥 받아들이며 좋아했다.

원래 황궁의 관병으로도 들어가면 적어도 삼대, 아니 자손 대대로 자랑할 수 있는 법이었다.

그만큼 황궁과의 연이라는 건 보통이 아니었다.

사파나 마교가 무림 정복을 한다면, 살아남는 건 실제로 청솔 정도겠지만 그래도 정세가 불안하다 보니 사람들은 이 사실을 희망으로 갖고 부풀려서 말하고 다녔다.

물론 이후, 황궁에서 '무당파와는 협력 관계가 결코 아니다.' 라면서 헛소리를 퍼뜨리지 말라고 제재에 들어가 조용해졌지만 말이다.

"흥, 약간의 운 때문에 그런 걸 가지고……."

"그러게 말일세. 무당파는 듣기로 도가답지 않게 재물도 많다고 하던데, 혹시 돈으로 무언가 수단을 쓴 건 아닌가?"

물론 좋지 않은 반응도 둘이나 있었다.

첫째는 진양에 대한 악평이다.

사실 악평이라고 해도, 대부분 소문의 근간은 바로 질투에서부터 나오는 것뿐이었다.

그는 강호에서 보자면 아직 어리다. 비록 성인이라도 해도 이제 곧 약관을 넘은 나이, 현대 지구로 치자면 사회 초년생일 뿐이었다.

그런데 벌써부터 고수라고 알려지고, 황궁에서 금위사범을 한 데다가 인성도 훌륭하다고 알려져 있다.

약관 수준의 강호인들은 대부분 진양과 자신을 비교하면서 질투를 느껴 비뚤어진 마음으로 악소문을 냈다.

물론 악소문이라고 해도 그다지 많은 편은 아니다.

황족의 사형에, 금위군의 사범까지 지낸 그를 욕하다가 만약 들켜서 문제라도 된다면 상당히 골치 아프다.

그냥 가볍게 넘어가는 수준이 아니라, 웬만한 중소 규모의 문파는 멸문지화를 당할지도 모르는 일이니 각 문파의 상층부는 젊은 무인들을 모아 입조심하라고 경고했다.

두 번째는 무당 자체에 대한 안 좋은 소문이다.

이 소문의 출처 역시 크게 두 가지로 나뉘었는데, 놀랍게도 그중 하나는 같은 구파일방이나 오대세가 등의 거대 문파였다.

구파일방은 기본적으로 협력 관계이면서도 경쟁하는 관계다. 실제로 수많은 세월 동안 무림맹의 장로를 차지하는 것으로 어디어디 영향력이 세다며 기 싸움을 하기도 했다.

이렇다보니 구파일방 중 몇몇은 위상이 올라가, 영향력을 높이는 무당파를 견제하려고 코웃음 치면서 그저 운이 좋다고 좋지 않은 소리를 했다.

"정마대전을 코앞에 뒀는데, 서로 뭉치기는커녕 싸우다

니…….”

누군가가 이런 정파 무림을 보고 좋지 않은 점을 지적하며 고쳐야한다고 비난했지만, 애석하게도 그 가능성은 적었다.

무림인은 명예에 죽고, 명예에 산다는 말이 있다.

특히 정파는 유난히 그 부분이 심했다.

심지어 과거에는 사파에 밀려서 무림맹이 거의 흔적도 없던 암울한 시절이 있었는데, 그 당시에만 해도 여전히 자존심 때문에 싸운 적이 있을 정도였다.

어쨌거나, 소문의 중심이 된 무당파는 주변에서 무슨 말을 하든지 간에 서교가 속가제자로 온 것을 진심으로 환영하고 있었다.

단 한 사람만을 제외하고.

*　　*　　*

“그럼 난 이만 가 볼 테니 사형제들끼리 인사나 나누고 있거라. 조리원의 일은 당분간 내가 알아서 할 테니, 연이 너는 양이와 함께 당분간은 막내를 잘 가르치도록.”

“네, 사부님.”

첫째와 둘째 제자가 머리를 끄덕이고 공손히 인사했다.

뒤따라서 막내 제자로 들어온 서교도 얼른 인사했다.

항상 인사를 받으면 머리를 끄덕이거나 하여 황족답게 가볍게 답하다 보니 이런 부분에는 아직 익숙하지 않았다.

청솔이 떠나고 난 뒤, 제일 먼저 진연이 언제나처럼 부드러운 눈웃음을 지으며 자신을 소개했다.

"사매, 아까 사부님이 말해 줬지만 다시 한 번 소개할게. 네 사저인 진연이라고 한단다."

"예, 사저. 잘 부탁한다."

서교는 존대 반, 반말 반을 섞어 답했다.

원래라면 같은 사형제 사이고, 항렬 순으로 제일 아래인 서교는 당연히 그녀에게 경어를 써야 했다.

하지만 그러기가 생각보다 힘들었다.

궁의 예법 중에서는 설사 황족이라 하여도 스승에게 만큼은 공손하게 대해야 한다는 예법이 있다. 서교도 그걸 알고, 교육을 잘 받았기에 청솔에게는 꼿꼿이 허리를 굽히고 시선을 내리까는 등 예법을 신경 썼다.

그러나 황궁에서 가르쳐 준 예법 중에서는 사형제에 대한 예의 등은 없었는데, 이는 사형제가 모두 서교처럼 황족이었기 때문이었다.

황족끼리는 철저하게 정실의 아이냐, 첩실의 아이냐 등의 예법을 따지면서 들어간다. 같은 동문이라 하여도 예법

순위를 황족으로 우선시한다. 그래서 사형제에 대해서 들은 것이 별로 없다.

이렇다보니 서교는 사저인 진연이나, 사형이 되는 진양에게는 황족의 입장으로 평민을 대하듯이 했다.

당연히 무당파의 규율상 아무리 속가제자라 해도, 이런 예의를 보이면 아니 된다.

그러나 청솔이나 무당파의 장로 진등은 서교가 아무래도 황족이기도 하고, 강호에 대한 예법이나 법도를 모르다보니 조금 이해하고 편의를 봐달라고 명했다.

"앞으로 모르는 거 있으면 나에게 언제든지 물어보면 된단다."

"신경 써 주셔서 감사한다."

서교도 스스로의 어투가 이상한 걸 알고 있는지, 넓은 아량으로 자신의 실수를 이해해 주는 사저의 태도에 무척 고마운 듯 환히 웃었다.

"후후후. 아, 그리고 사부님이 '그거'에 대해서 말해 주셨니?"

"그거라면……?"

예상가는 것이 없는 서교는 머리를 옆으로 살짝 기울여 영문 모를 표정을 지었다.

"아마 사부님은 남자여서 여자인 너에게 말을 잘 못했

을 거야. 이런 건 여자인 내가 말해 줘야지."

'뭘 말하는 거지?'

사저와 새로 생긴 사매의 대화를 훈훈하게 지켜보고 있던 진양도 예상가는 것이 없어 머리를 옆으로 기울였다.

사제와 사매의 시선을 한 몸에 받은 진연은, 여전히 예의 부드러운 눈길을 보이면서 무시무시한 발언을 내뱉었다.

"예로부터 강호의 여무인(女武人)은 무공 수련을 하면 가슴이 방해되거든. 그러니 그 큰 가슴을 하루라도 빨리 자르는 게 좋을 거야. 괜찮으면 내가 도와줄게."

"……콜록!"

사저의 상상을 초월하는 발언에 진양이 사레가 걸린 듯 기침을 토해 냈다. 그리고 기겁한 눈동자로 진연을 쳐다보았다.

"사저, 그게 대체 무슨 소리세요?"

"어머, 양이는 모르고 있던 모양이구나. 자고로 섬세하고 유려한 몸짓이 장기인 여성들에게 무게란 건 정말 중요하단다. 그러므로 큰 가슴은 방해일 뿐이지."

"……."

사저의 기괴한 행동에 진양은 할 말을 잃었다.

"흠, 그런가. 확실히 수련할 때마다 이 큰 가슴이 방해가 되긴 했다."

하지만 서교의 행동은 더욱더 터무니없었다.

그녀는 사저의 말을 의심 하나 하지 않고 곧바로 받아들이며 당장이라도 베어낼 것 같은 눈동자로 머리를 내려, 흉부를 내려다보았다.

"잠깐. 사매, 그러지 않아도 괜찮아. 연 사저의 농담이니까."

사형제 관계가 되면서 말을 자연스럽게 놓은 진양이 기겁하면서 그녀를 말렸다.

"그래그래. 얼른 그 덩어리를 베어내는 게 좋단다."

결코 좋다고 할 수 없는 표정으로, 마치 악당처럼 웃으면서 서교를 부추기는 진연이었다.

'응. 저거 정말 위험하니까. 설마 나보다 더 큰 사람이 있을 줄 몰랐어.'

노골적이라 할 정도로 사매의 흉부에서 시선을 떨어뜨리지 못하던 진연이 생각했다.

*　　*　　*

시간을 거슬러, 오늘 아침.

차세대 조리원주이자, 한때 무당 역사상 최고의 기대주이자 천재라고 불렸던 진연은 왠지 모르게 평소보다 일찍

눈이 떠졌다.

"……어머, 이거. 양이 냄새인데."

킁킁, 하고 사제의 체취를 기억해내면서 진연이 설레는 표정을 감추지 못하고 자리에서 벌떡 일어났다.

그러곤 곧장 옷을 갈아입고, 찰랑이는 머릿결을 정리한 뒤에 무언가 예상한 듯 얼른 청솔을 찾아갔다.

아니나 다를까, 그곳에는 반년동안 그토록 기다렸던 사제가 웃는 얼굴로 있었다.

이윽고 북경에서 금위사범으로 이름을 날린 그가 다시 무당산으로 복귀했다는 걸 깨닫고 함박웃음이 지어졌다.

그 이후에 일이 벌어지기 전까지 말이다.

'응? 벽안검화? 사매? 큰 가슴? 적!'

벽안검화를 보는 건 처음이 아니었다.

예전에 사제가 북경으로 떠날 때, 배웅을 해 주면서 힐끗 본 적 있었다.

태양에 비쳐 눈부시게 빛나는 금색 머리칼이나, 귀신이 떠오르는 푸른 눈동자를 보고 놀랐던 기억이 있었다.

하지만 그때까지만 해도 별로 신경을 쓰지 않았다.

어차피 무림과 관여하지 않는 관부의 인물이고, 황족. 사제가 북경에 가서 임무만 끝내면 다시는 볼일 없는 인물이라고 생각해서였다.

하지만 그 벽안검화가 뜬금없이 사매로 들어왔고, 그에 얽힌 사정을 자세히 들었다.

사매가 새로 생긴 것 자체는 상관없다.

어차피 어떤 여자가 들어와도 사제와의 훈훈하고 따듯하고 사랑스럽고 소중한 분위기는 누구에게도 침범 받지 않을 것이라 생각됐다.

그러나.

'크, 크다! 나보다 더!'

진연은 태어나서 처음으로 무언가 밀리고 진 느낌이 들었다.

그녀 역시 동양인, 아니 이 시대의 사람치고는 큰 편이다.

무공의 천재답게, 근골이나 근육부터 시작하여 몸 전체가 축복받았다. 인체적으로 황인이나 백인보다 뛰어나다는 흑인과 비교해도 그 수준은 지지 않을 정도였다.

그러나 그건 서교 역시 마찬가지다.

비록 진연만큼은 아니지만, 서교도 제법 괜찮은 무골(武骨)을 갖고 태어났다. 게다가 그녀는 백인이다. 평균적으로 큰 데다가, 신체도 축복받다 보니 상당했다.

물론 가슴의 크기는 솔직히 무골과는 전혀 상관없지만.

어쨌거나 진연은 난생처음으로 위기감을 느꼈다.

의단궁주의 시녀인 초희도 나름 큰 편이지만, 자신만큼

은 안 된다. 그래서 조금 경계하긴 했지만 그래도 상대는 아니라고 마음 한쪽으로 안심했었다.

그러나 새로 들어온 사매는 아니었다.

안심하기는커녕, 자신이 지고 있었다.

'큰일 났다!'

사랑스럽기 그지없는 사제와 붙어서, 즐거운 듯이 대화하고 있는 서교를 보면서 질투와 분노가 타올랐지만 그보다 더한 감정은 공포였다.

실제로 서교가 사매가 됐다는 소식을 듣자마자 진연의 안색은 하얗게 질려 돌아올 생각을 하지 않았다.

'양이가 큰 사람을 좋아하게 세뇌한 건 난데…….'

이제 와서 말하는 것도 새삼스럽지만 그의 여성 취향의 직접적인 원인이 된 건 사저인 진연이다.

그녀는 그가 아주 어릴 적부터, 자기 전이나 대화할 때 등 한시도 빠지지 않고 '양이는 키와 가슴이 큰 사람을 좋아해.' 라며 은근슬쩍 세뇌를 했다.

차마 사제에게 말할 수 없지만 그가 자는 사이 몰래 곁에 찾아가서 귀에 속삭인 적도 자주 있었다.

효과는 확실히 굉장했다.

연령이 적거나, 혹은 가슴이 작거나, 아니면 키가 작거나 등의 요인이 하나라도 들어가면 진양은 예쁘장한 여성을 보고도 감흥이 없었다.

그러나 이제 그 세뇌가 양날의 검이 되어 돌아왔다. 설마, 자신처럼 연령도 많고 가슴도 크고 키도 큰 사람이 정말 있을 줄은 몰랐다.

"응, 이렇게 된 거 별수 없네. 저런 흉악한 살은 있으나 마나야. 무인으로서 저런 게 있으면 방해되지. 그러니까 어떻게든 자르게 해야겠어. 아니, 내가 잘라야 할까?"

"저, 언니. 부디 진정해 주세요. 부탁드립니다."

그녀의 본성을 일찍이 눈치챈 소미는 진연의 말이 단순한 농담이 아니라 정말이란 걸 깨닫고 파리한 안색으로 덜덜 떨었다.

"어머……응, 확실히 내가 조금 흥분했나 보네. 안 되겠네. 양이를 불러서 나와 크기만 하고 머리 나빠 보이는 사매의 가슴을 만져보게 시켜서 누가 더 나은지 알아봐야겠구나. 소미야, 고마워. 네 덕분에 진정했단다."

"어라, 제가 알고 있는 '진정'과는 개념이 조금 다른데요. 부탁이니 옷을 벗지 말아주세요."

* * *

"그럼 오늘부터 본격적으로 무공을 가르쳐줄게."

차마 거론하기도 힘든 일이 있었던 이튿날.

주거 지역과 거리가 제법 떨어져 있어, 방문객이 몇 없는 한적한 수련장에서 서교에게 무공 전수를 시작했다.

"어떤 걸 가르쳐줄 생각이지?"

황궁, 아니 관부 전체에서 누구보다 더 무림의 무학에 관심이 많은 서교가 벽안을 반짝이며 물었다.

표정에는 많은 기대가 묻어나있었다.

"미안하지만 대단한 건 가르쳐줄 수 없어. 알다시피 속가제자가 배울 수 있는 건 한계가 있거든. 게다가 무당의 내공심법을 익히지 않았으니, 쓸 수 있는 무공도 제한적이고. 태극검법 정도인데, 괜찮겠어?"

"아아, 알고 있다."

북경에서 속가제자라는 제도를 자세하게 들어본 적 있기에 서교도 그러한 점은 이해하고 있었다.

애초에 그녀는 무림의 무학을 배우고 싶은 것이지 딱히 상승 무공을 배우고 싶은 마음은 없었다.

"그렇다면 다행이네. 일단 검을 들고……."

검을 쥔 지 상당히 오랜만이었으나, 그래도 어렸을 적에 무룡관 때부터 검을 휘두르며 태극검법을 미리 익혔던 진양은 서교를 가르칠 수 있었다.

"어머……."

사제와 사매가 분위기 좋게 어울리고 있자, 진연이 볼에 바람을 살짝 불어넣고 표독스러운 눈동자를 빛냈다.

'양이도 너무해. 무려 반년 만에 만난 건데 나에게 신경 쓰지 않고, 살만 많은 사매에게만 신경 쓰고.'

그녀는 진양이 자신에게 별로 관심을 주지 않고 있자, 섭섭하고 심술이 났다. 마음 같아선 저 사이에 껴들어서 훼방을 내고 싶었지만, 사정상 그럴 수가 없었다.

그렇지 않아도 몇 번 사매에게 틈만 나면 심술을 부리다가, 청솔에게 잔소리를 먹은 적도 있었다.

"응……있잖아, 소미야."

"네에, 언니."

세 사람의 곁에서 벽곡단이나 물 등을 가져다주며 시중을 들던 소미는 진연의 부름에 불안한 표정을 지었다.

"어떻게 훼방을 놓을 방법이 없을까?"

"……언니의 마음을 모르는 건 아니지만, 그래도 훼방을 놓는 건 좀 그렇지 않을까요. 그리고 언니는 너무 예민해요. 딱히 남녀 관계로 보이는 게 아니라, 평범하게 사형제끼리 무공을 봐주는 것뿐인걸요?"

"하아……."

진연은 언제나처럼 뺨에 손바닥을 대고, 곤란한 듯 눈썹을 구부리고 한숨을 푹 내쉬었다.

확실히 소미의 말에는 틀린 소리가 하나 없었다.

그녀도 자신이 예민하고 괜히 심술을 내고 있는 것을 잘 알고 있었다. 하지만 질투가 나는 건 어쩔 수 없었다.

머리로 이해해도, 마음이 그렇지 않으니 미칠 노릇이었다. 진연은 스스로 '내가 이렇게까지 뒤틀린 성격이었나?' 하고 의문이 들며 왠지 모를 우울감에 머리를 내려뜨렸다.

"우웅. 어쩔 수 없지."

"네, 그래요. 마음이 넓은 언니가 참으셔야죠."

소미가 백 년 묵은 체중이 한꺼번에 확 빠진 듯, 속 시원하다는 표정으로 말했다.

"그러네. 그럼 내키지는 않지만 양이 대신 내가 사매를 가르칠 수 있도록 방법을 써야겠어."

"어라, 무공은 분명 포기한 것 같았는데 그런 게 아니었나요?"

"응응. 사랑을 위해선 나 자신의 도(道)를 잠시 내려놓을 때도 있는 법이야."

"응, 사랑에 빠진 여자는 안타깝다는 걸 알겠어요. 그런데, 이제 대놓고 사형제에게 사랑에 빠졌다고 말하는 거예요? 그거 여러모로 문제가 많은 것 같은데요."

"좋아, 소미야! 나, 이렇게 된 거 다시 검을 잡겠어!"

"응, 다른 건 몰라도 언니가 내 말을 쥐뿔도 듣지 않고 있다는 걸 알겠어요."

이후, 그녀는 사매의 마수(魔手)에 홀린 사제를 구출해내기 위해서 이튿날 아침부터 운기조식부터 시작하여 실로 오랜만에 몸을 움직였다.

오랫동안 손에 익었던 식도(食刀) 대신에 장검(長劍)을 쥐고 한쪽 구석에서 검을 휘둘렀다.

그 모습을 본 진양이 당황한 얼굴로 물었다.

"사저, 심경에 무슨 문제라도 생겼나요?"

"아무것도 아니란다. 너도 알다시피 정마대전이 코앞이잖니. 그러니 혹시 모를 상황을 대비해서 조금 단련한 것뿐이야."

진연이 생긋, 하고 눈부신 미소를 보이며 답했다.

"네, 뭐 그렇다면야……."

마음 한구석이 찝찝해진 진양이었지만 너무나도 환하게 웃는 사저를 보고 차마 뭐라 할 수 없었다.

그래서 별수 없이 사저에 대한 신경은 애써 끊고, 사매를 가르치는 데 힘썼다.

참고로 이 소식은 무당파의 장로진들에게도 알려졌다.

"그 아이가 다시 검을 쥐었다고?"

알다시피 진연은 무당파 역사상 유일무이한 천재다.

실제로 그녀가 무도를 관둔다는 소식에 장문인을 포함

하여 장로 모두가 안타까워했다. 초기에는 요리의 길을 걷는 것은 상관없으나 종종 무공 수련도 해 달라고 할 정도였다. 그만큼 그 재능을 썩히기에는 너무나도 아까웠다.

하지만 진연 본인이 스스로 검은 식칼 외에 쓰지 않겠다고 선언했으며, 사제를 가르칠 때를 제외하곤 무공을 단 한 번도 쓰지 않았기에 거의 포기하고 있었다.

무당파는 제자들이 스스로 길을 걷고 닦는 걸 존중해 주기에, 그걸 뜯어 말리기가 좀 그랬다.

게다가 사부인 청솔도 제자가 무공을 배우고 싶지 않아 하면 그걸 전폭적으로 지지했기 때문에 별다른 방법이 없었다.

하지만 그런 그녀가 갑작스레 무공을 다시 시작하겠다고 하였다. 무당파 입장에선 나쁜 소식은 아니었다.

물론 그렇다고 딱히 이렇다 할 기대는 하지 않았다.

진연이 아무리 인간을 벗어난 재능을 지녔다고 해도, 무공을 다시 시작하기엔 이미 나이가 너무 많다.

십 대 후반에 시작해도 늦거늘, 이십 대에 들어선 지 제법 되었기 때문에 이제 무공을 시작해도 높은 경지를 이루는 건 불가능할 것이다.

즉, 조금 놀라긴 했으나 그래도 딱히 크게 대단하다는 반응을 하지는 않았다.

어차피 기대할 것도 없으니, 본업인 조리원주의 일을 쭉 계승하면서 무공 수련하는 정도는 뭐라 하지 않았다.

"응……뭐야, 움직이지 않은 지 오래돼서 힘들 줄 알았는데 그것도 아니네."

처음엔 확실히 서툴렀다. 머릿속에 남아 있는 검로를 찾아, 고사리같이 가느다란 손목을 흔들었다.

"음, 이렇게 해서……이렇게……."

하지만 그 서툰 솜씨는 한 번, 두 번, 세 번 정도 휘두르자 곧 얼마 지나지 않아 능숙하고 현란한 솜씨로 변모했다. 만약 이 자리에서 다른 무림인이 그녀를 보고 있다면 입을 다물지 못할 것이다.

압도적이고, 경악스러우며, 소름 끼치고, 무섭고, 불신스러운 재능. 하늘이 내린 터무니없는 악마 같은 재능. 보는 사람의 모든 노력을 가볍게 무시하고, 무인들을 모두 아래로 내려다보는 최악, 최고, 최흉(最凶)의 재능.

'요리할 때 칼질이랑 별로 다를 게 없네. 요령만 있으면 무척 쉽구나. 하루라도 빨리 양이를 사매에게서 떨어뜨려야 하니까, 열심히 해야겠어.'

만약 무인들이 그녀의 생각을 안다면 자괴감에 자결할지도 모른다.

십 년 이상 무공을 수련하지 않았는데도, 요리와 비교하면서 별거 아닌 거라며 태극검법의 진수 모두를 자신의 것으로 만들어 내고 그걸 펼칠 수 있다.

게다가 그 재능을 고작 사제의 사랑을 받고 싶다는 이유로 썩힌다.

그렇게, 천재(天才)는 천재(天災)에 가까운 재능을 다시 꽃피우기 시작했다.

第四章

청해지부(青海支部)

청해(青海)

사천 땅의 서북부에 위치해 있으며, 구파일방 중 곤륜파가 자리 잡고 있는 지역이다. 또한, 오대세가 중 도법으로 명성이 자자한 팽가와 맞수를 이루는 도가장이 자리한 장소로, 중원에서 조금 떨어진 곳이기도 했다.

"아아아악!"

"사제!"

곤륜파의 제자, 일회자(一回子)는 삼십 년 이상을 함께 해 온 사제의 죽음에 절규했다.

그는 격전 속에서 이미 상당한 상처를 입은 듯, 눈 한쪽이 검상으로 길게 찢어져 피가 시야를 가리고 있었다.

"감히……사제를!"

일회자는 분노를 참지 못하고 적들에게 달려들었다. 그는 손에 꽉 쥔 검으로 운룡십삼검(雲龍十三劍)을 펼쳐 적들의 공격에 응수했다.

"크악!"

용을 열세 번의 검으로 표현한 곤륜의 상승 검법에, 흑의인들이 피를 흩뿌리며 뒤로 쓰러졌다.

"네놈들은 누구냐? 사도련이냐, 아니면 마교냐?"

일회자의 얼굴에 짙은 패색이 떠올랐다.

그의 시선 끝에는 수많은 정파 무인들의 시체가 굴러가고 있었다. 그중 대다수는 무림맹의 무사들이었고, 그 밖에는 곤륜파에서 파견 나온 사형제들이었다.

"……."

그러나 답변은 들려오지 않았다.

정체를 밝히지 않고, 갑작스레 습격해 온 흑의인들은 그저 말없이 검을 쥐고 살의를 보일 뿐이었다.

대화할 기미가 보이지 않는 걸 확인한 일회자는 한숨을 푹 내쉬었다.

"빌어 처먹을……."

도사답지 않게, 욕설을 내뱉으며 일회자가 눈을 감았다. 그의 머리 위로 세기도 힘든 검격이 쏟아져 내렸다.

*　　*　　*

청해는 중원에서 제법 떨어져 있는데도 상당히 주요 지역이다. 서북으로 향하면 신강(新疆)이 있기 때문이다.

한민족(漢民族)이 예로부터 서역이라고 부른 지역의 일부인 신강에는 무림 세력의 삼분 중 하나를 차지하고 있는 마교(魔敎)의 본산인 천만대산(天萬大山)이 위치해 있다.

당연히 주요 지역일 수밖에 없었고, 특히 최근에는 정마대전을 코앞에 두었기 때문에 민심은 불안과 공포로 흉흉하기 그지없었다.

그 외에도 정파 무림의 경계 때문에 무사들이 상당했으며, 민심이 낮다 보니 치안도 절로 나빠지는 등 여러모로 좋지 못했다.

"청해 지부가 습격 받았다."

안휘에 위치해 있는 무림맹에 전서응이 날아왔다.

당연히 무림맹은 난리가 났고, 급히 회의를 열었다.

"피해는?"

무림맹주 지무악이 딱딱하게 굳은 얼굴로 물었다.

"사망자는 적습니다. 다만 중상자와 경상자가 제법 있다 합니다. 청해 지부는 부상자나, 난장판이 된 민심을 바로잡기 위해서 정신이 없다고 합니다."

무림맹의 참모, 제갈문이 상세하게 답변했다.

"후우……."

지무악이 골치 아픈 듯 관자놀이를 손가락으로 꾹꾹 누르며 한숨을 내쉬었다. 그는 눈동자를 굴려 회의에 소집된 장로들을 스윽 둘러봤다.

용봉비무대회 이후, 새로 바뀐 장로들이었다.

원래 무림맹의 장로는 화산파(華山派), 종남파(終南派), 곤륜파, 청성파(靑城派), 개방(丐幫). 그리고 오대세가 중에선 남궁세가(南宮世家), 모용세가(慕容世家)였지만, 종남파의 창허자(昌許子)와 개방의 황개(黃凱)를 제외하고 다른 장로들이 용봉비무대회 때 모두 사망하여 새로운 인물로 바뀌었다.

일곱 명 중 두 명을 제외하고 바뀐 다섯 명의 장로는 우선 구파일방 중에서 무당파(武當派), 소림사(少林寺), 아미파(峨嵋派)와 오대세가 중 사천당가(四川唐家)와 하북팽가(河北彭家)였다.

"사도련입니까, 아니면 마교입니까?"

장로들 중에서 비교적 나이가 어린 청곤이 물었다.

"불행하게도 습격자들의 신원이 파악되지 않습니다. 다들 하나같이 얼굴에 화상을 입은 듯 흉하게 일그러졌습니다. 어디인지는 모르나 지독합니다."

제갈문의 답변에 장로들 사이에서 침음이 흘러나왔다.

"신원을 알 수 없게 일부러 얼굴에 화상을 입혔다는 뜻인 겐가? 중원에서도 그렇게 독한 놈들은 없을 텐데."

사천당가의 당거종(唐巨鐘)이 혀를 내두르며 중얼거렸다.

"아주 없는 것도 아닐세, 당 장로. 유령곡(幽靈谷)이 그 대표 격이지."

정보 단체의 으뜸인 개방의 황개가 말했다.

유령곡은 중원에서 손꼽히는 살수 집단으로서, 실체가 없다 하여 유령이라는 이름이 붙었다 한다.

의뢰를 하면 구 할 이상의 확률의 성사율을 자랑하며, 과거에는 무림맹에 들어가 장로를 암살한 적도 있었다는 기록이 있다.

그만큼 유명한데도 불구하고 유령곡은 규모가 어느 정도인지, 어떤 살수가 있는지 자세한 것이 알려지지 않은 수수께끼의 집단 중 하나이기도 했다.

또한 자부심이 상당하여 의뢰에 실패하면 열 배의 보상 금액을 돌려준다는 것으로도 유명하다.

다만 유령곡에 암살을 의뢰하는 데 천문학적인 금액이

들어, 정작 이를 이용하는 고객이 많지는 않다고 한다.

"차라리 유령곡이 습격했다면 다행이지요."

아미파의 수화사태(守花師太)가 걱정 가득한 목소리로 의견을 꺼냈다.

"아미타불……."

소림사의 원종대사(元宗大師)가 수화사태와 마찬가지로 걱정과 근심 가득한 목소리를 흘렸다.

"또한, 아직 상황이 정리된 것이 아닙니다. 청해 지부를 습격한 자들 중에서 잔당이 남아 도주하였다 합니다. 다만 부상자나 민심 때문에 청해 지부는 바빠 움직일 수 없다하여, 지원 요청을 하였습니다."

"조사인가……."

정체를 아직 알 수 없으니 사람을 보내 자세한 사정을 알아야했다. 또한 서신으로 전해지는 정보는 아무래도 한계가 있다. 그곳에 가서 제대로 사정을 듣고 처리하려면 사람을 보내야만 한다.

"내가 가겠소."

좌중의 시선이 한쪽으로 몰렸다.

하북팽가의 팽련호(彭煉浩)였다.

지무악은 그런 팽련호를 물끄러미 쳐다보다가, 옆에 서 있는 제갈문을 힐끗 살폈다.

'괜찮을 것 같소?'

'안 됩니다.'

지무악과 제갈문은 눈빛을 교환하여 대화했다.

지무악이 무림맹주로 취임한 이후로, 항상 곁에서 그를 도와주었던 사람이 바로 제갈문이다. 그 관계가 제법 돈독했기 때문에 마치 오래된 부부처럼 눈빛 대화도 가능하였다.

"북쪽에는 북경이 있긴 하지만, 관부는 무림에 관여하지 않기로 하였으니, 이를 노리고 북쪽에서 습격이 들어올지도 모르오. 만약을 위해 하북에 갈 일이 생길지도 모르니 팽련호 장로께서는 기다려줬으면 좋겠소."

틀린 말은 아니었으나, 그렇다고 맞는 말이 아니었다.

확실히 하북은 다른 지역에 비해 상당히 안전하다.

관부의 세력권 내에 속하기 때문이었다.

아무리 관부가 무림에 관여하지 않는다 해도, 세력권 코앞에서 문제가 터지면 신경을 쓴다. 그래서 정파도 사파도 하북에서만큼은 제대로 활동할 수 없다.

실제로 하북은 북경만큼 치안이 우수한 지역이었다.

즉, 아무리 무림정복을 꾀하고 있는 사도련이나 마교라 할지여도 하북을 건드리기엔 무척이나 부담스럽다.

지무악이 하는 말은 그저 핑계일 뿐이었다.

'하북팽가와 도가장은 서로 경쟁하고 헐뜯는 사이. 팽

련호를 보낸다면 분명 문제가 생기겠지.'

팽련호가 청해에 가겠다며 나선 것도 그저 경쟁심에 불과하다고 볼 수 있었다.

현재 청해는 따지고 보면 최전선. 거기서 사도련 혹은 마교 무리를 소탕한다면 그건 큰 공이 된다.

어쩌면 정마대전의 첫 싸움이 될지도 모르니, 나름 중요한 상황이었다.

만약 청해에서 곤륜파가 큰 공을 세우면 상관없겠지만, 도가장이 공을 세울 경우 하북팽가의 자존심이 상한다.

그 꼴을 보고 싶지 않아서 팽련호가 지원한 것.

그리고 만약 팽련호를 보낸다면, 분명 청해 지부의 지휘체계가 엉망으로 된다.

무림맹 장로로서 팽련호가 간다면 분명 그 지위를 이용하여 도가장에 시비를 걸 것이 분명하고, 도가장은 시비도 시비지만 명령을 받는 것을 좋아하지 않아 사사건건 반발하거나 할 것이다.

적들을 코앞에 두고 함께 협력하기는커녕 싸우기만 할 테니 문제가 된다. 그래서 지무악은 제갈문과 눈빛 교환을 통해 팽련호를 보내지 않기로 했다.

"흠. 그렇다면야……."

다행히도 팽련호는 지무악의 제안을 받아들였다.

조금 마음에 들지 않지만, 무림맹주가 북쪽을 모두 책임져달라며 치켜 세워주자 기분이 좀 나아졌다.

하북팽가 사람들은 원래 성질이 단순한 편이다. 나쁘게 말하면 뇌가 없어서 그런지, 누가 치켜 세워주고 자존심만 챙겨주면 기분이 나아져 그 말을 따라준다.

"그럼 누굴 보낼 거요?"

황개가 물었다.

"음……내 생각에는 청곤 장로께서 가줬으면 하는데, 어떻소?"

요즈음 중원 무림에서 명성이 자자한 무당파를 떠올린 지무악이 청곤에게 의견을 물었다.

"예, 알겠습니다."

청곤은 고민하지 않고 그 제안을 승낙했다.

그렇지 않아도 최근 무림맹 장로로 파견되면서, 누군가와 싸워 본 기억이 별로 없었다. 몸을 움직였다 해봤자 홀로 연무장에서 한 수련 정도였다.

무림맹 장로는 체통도 지켜야하지만, 비무를 통해서 누군가에게 졌다는 소식이 알려져선 아니 된다.

무당파에서 파견된 무림맹 장로라는 것은, 곧 정파 무림에서 청곤이 장문인처럼 또 다른 무당의 대표라는 뜻. 패배를 남겼다간 곧 무당파가 어떤 세력과의 대결에서 졌다는 것으로 해석되기도 한다.

그래서 청곤은 제법 오랫동안 누군가와 검을 섞어본 적이 없었기에 약간의 욕구불만이 있었다.

"그럼 무운을 빌겠네."

"예."

이후, 청곤은 백 명가량의 무림맹 무사와 더불어 무당파 출신의 삼대제자들과 함께 청해로 향한다.

그리고 청해와 도착했다는 소식과 더불어 얼마 지나지 않아 무림맹은 발칵 뒤집힌다. 청해에서 그들의 흔적이 마치 증발한 것처럼 사라졌기 때문이었다.

*　　*　　*

신강, 천만대산

마교의 총본산(總本山)으로 알려져 있어, 무림인은 물론이고 일반 백성들 또한 접근하지 않는 지역이다.

동서로 길게 뻗어 내린 산맥은 신강을 남북으로 양분할 정도로 크며, 남서쪽으로 향하면 미개척지인 거대한 사막과 함께 끝없는 초원이 펼쳐진다.

평균 해발고도 또한 상상을 초월할 정도로 높으며, 천만대산의 봉우리들 사이에는 산림과 수초로 무성하다.

그 외에도 여름과 겨울은 참기 어려울 정도로 덥거나 추워 거주하기에는 적당치 못한 지역이다.

험난한 지형과 더불어, 이처럼 도저히 살기 힘든 장소임에도 불구하고 천만대산에는 떡하니 마교가 자리 잡고 있었다.

"……."

약 오십 년 전부터 활동하여 강호에서는 독수마혈(毒手魔血)이라고 불리며, 마교 내에서 교주 다음 가는 지위인 부교주(副敎主) 노굉(老轟)은 부복하고 있었다.

"부교주, 노굉. 만마(蔓魔)의……."

"됐다. 그런 허례허식을 할 필요 없으니, 보고부터 해라."

헤아릴 수 없을 정도로 많은 계단 위, 구불구불한 외관의 봉(棒)이 양옆으로 늘어져 불꽃이 화려하게 불타고 있었다.

그리고 그 사이 정중앙에는 전설 속의 금속으로 알려진 만년한철(萬年寒鐵) 재질의 옥좌에 노인이 앉아 있다.

노인은 무려 팔 척(尺)의 거인(巨人)이었으며, 일반 사람들은 올려다보지 못할 정도로 엄숙한 분위기가 흐르고 있었다. 또한 어둠 속에서 빛나는 그 형형한 눈빛은 보기만 해도 가랑이가 축축하게 젖을 정도로 무시무시했다.

무림팔존(武林八尊) 일마(一魔)

오만교도(五萬教徒)를 이끄는 교주(教主)

천마(天魔)였다.

원래 천마는 칠 년 전, 부교주인 노굉을 비롯하여 사대 호법에게 전권을 부여하고 폐관 수련에 들어갔다.

교주에게만 전승되는 무공, 천마신공(天魔神功)을 대성하고 싶다는 이유 때문이었다.

그리고 칠 년 뒤, 오늘.

'천마신공을 대성하다니, 교주는 인간이 아니다.'

강호에선 독수마혈이라며 마두로서 공포스러운 존재로 알려진 천하의 노굉조차 천마와 눈을 마주치는 것조차 두려워했다.

마교 역사상 수많은 교주가 있었지만 현 세대의 교주만큼 대단하지는 않았다.

기록에 따르면 천마신공을 대성한 자는 초대교주를 제외하곤 아무도 없다한다.

그 이후로 제일 많이 수련한 교주가 칠성(七成) 정도라고 하니, 현재의 교주가 얼마나 터무니없는 사람인지 알 수 있었다.

"사도련주라……."

현 무림의 상황에 대해 노괴에게서 보고를 받은 천마가 중얼거렸다. 정파도, 마교도 아닌 사도련에 술수로 인하여 정마대전이 일어나려한다.

그리고 그에 대한 감상은 너무나도 어이없고, 놀랍고, 또 믿기 힘들었다.

"꽤 재미있는 무대를 준비했구나."

노괴는 순간 두 귀를 의심했다.

아무리 천마의 무공이 적수를 찾기 힘들다 해도 너무 과한 자신감이 아닐까 싶었다.

정파와 어떻게 해서 이긴다 하여도, 싸워 봤자 득이 될 것이 하나 없다.

정파 무림과의 싸움에서 소모된 전력 때문에 마교는 약체화될 것이 뻔했고, 사도련이 그걸 노리고 싸움을 걸어온다면 기다리는 건 필패(必敗)다.

"그럼 그 기대에 맞춰, 춤을 춰보자꾸나."

천마는 웃는다.

사도련주의 암계에 만족했다.

"힘만이 전부인 걸 보여주마."

수십 년으로 계획된 치밀한 암계도.

연합으로 뭉친 정파와 사파도 상관없다.

그저, 마교의 교리로서 그걸 부수면 그만이었다.

*　　*　　*

야율종의 보고에 사도련주는 눈살을 찌푸렸다.

"마교가 청해를 치다니, 이건 또 무슨 일이냐."

알다시피 사도련주는 자신이 세운 계획이 누군가의 개입으로 흐트러지는 것을 싫어하는 걸 넘어 과할 정도로 혐오한다.

진양을 증오하게 된 것도 팔 할 이상이 그 연유다.

그리고 그러한 일이 이번에 또 하나 터졌다.

마교의 갑작스러운 행동에 의하여.

즉, 무림맹 청해 지부를 습격한 건 사도련이 아니었다.

애초에 청해는 사도련의 영역이 아니다. 단순히 세력권이라는 수준이 아니라, 영향력을 끼치기가 힘들다.

사도련의 세력이 제일 많은 곳은 중원의 남쪽 부근. 그 영향력을 북쪽으로 갈수록 약해지는데, 특히 중원에서 서북쪽으로 떨어진 청해는 손 댈 곳이 몇 없었다.

그래서 몇몇의 정보원만 있는 정도였다.

"천마가 폐관 수련에서 나왔다 합니다."

"그런 중요한 정보를 왜 이제 와서……."

사도련주는 목청껏 욕설을 내뱉으려다가 가까스로 참았다.

방금 전에도 말했듯, 청해는 사도련이 영향을 끼치기 힘든 지역 중 하나이다. 그러다 보니 정보 전달도 늦다.

게다가 마교에는 첩보원도 몇 없다. 몇 십 년 전에 겨우겨우 침입시켰던 이들뿐이었다.

또한, 그들은 마교 내에서도 가장 최하층 교도이고, 마교의 눈을 피해서 정보를 전달하기엔 무척 어려웠다. 그러다 보니 정보 전달이 극악이라 할 정도로 늦을 수밖에 없었다.

"끄응."

사도련주는 앓는 소리를 내며 턱을 괴고 생각에 잠겼다.

상황상 나쁜 것만은 아니다.

정마대전은 사도련주가 기다렸던 최고의 결과이다.

안 그래도 무림맹은 왜 마교를 치지 않고, 전쟁 준비라는 명목하에 겁먹은 놈마냥 웅크리고 있는지가 큰 불만이었다. 그래서 어떻게 정마대전을 일으킬까, 하고 여러 계획을 세웠는데 그게 모두 수포로 돌아갔다.

다행히도 딱히 노력하지 않고 최고의 결과가 만들어졌으니 큰 문제는 아니다. 다만 지금의 상황이 마음에 걸렸다.

계획을 벗어난 마교의 행동.

그리고, 그 행동이 상식적으로 이해할 수 없다는 점이다.

정파도 마교도 웬만하면 싸우고 싶지 않아한다. 승패 결과 뒤에 사도련이 치면 막을 방법이 없기 때문이었다.

그런데 마교는 적극적으로 대놓고 무림맹 지부를 습격했다. 그뿐만 아니라, 무림맹 본단에서 보낸 조사대도 없앤 듯했다.

결과가 있으면 반드시 원인이 있다. 그런데 그 원인은 상식적으로 이해하기도 힘들었고, 아무리 머리를 굴려도 그 답이 나오지 않는다.

그 답을 찾으려고 해도 수단이 마땅치가 않으니 답답했다. 가슴이 옥죄어 오고 뇌가 찢어질 것 같은 기분이었다.

일이 잘 되지 않자, 그 기분은 최악으로 치달았다.

야율종은 그 모습을 보고 눈치챈 듯 목을 자라처럼 움츠리고 숨죽였다. 사도련주의 지랄 같은 성질에 말려들 것 같아서 두려웠다.

'금위사범, 천마, 정파와 마교. 어느 하나 제대로 되는 것이 없다. 계획의 오차 수정 정도가 아니라 어예 새로 짜야할 정도다. 몇 십 년 동안 그렇게나 세세하고 치밀하게 세웠던 것이 너무나도 가볍게 무너져 내렸다.'

사도련주의 주름에 깊게 파인 고랑은, 사라질 생각을 하지 않았다.

*　　　*　　　*

무당파의 분위기가 심상치 않다.

일대제자부터 시작해 사대제자까지 모두 얼굴에 어두운 그늘이 끼었다. 평소의 소란스러움은 단 하나도 존재하지 않으며, 쥐 죽은 듯이 고요했다.

이 분위기는 무당파 전체로 번졌다. 제자들뿐만 아니라, 무당파에서 일하는 하인이나 하녀 등도 입을 다물고 실수를 하면 어쩌나 하고 긴장된 기색을 보였다.

무당파 내부는 지금 일종의 계엄령(戒嚴令) 상태였다.

시간을 거슬러 올라가 며칠 전, 안휘에 있는 무림맹 본부에서 한 통의 서신이 왔다.

청해에 일어난 사태를 조사하기 위해서 무당제일검 청곤과 더불어, 무림맹 무사 및 무당파 삼대제자들을 보냈는데 그들 모두 소식이 끊기고 행방불명된 것이다.

말이 행방불명이지, 청해 지부가 습격을 받은 직후 마교와 정파 무림의 경계에서 조사하다가 사라졌다는 것은 곧 죽은 것과 다름없었다.

"관주님……."

이 소식은 진양을 포함하여 무룡관의 옛 식구들에게도

전해졌고, 다소 충격적으로 다가왔다.

무룡관에 입관하기도 전부터, 청곤의 명성은 대단했다. 무당제일검이라는 별호는 허명이 아니라는 걸 증명하듯 실제로 실력 또한 뛰어났다.

무당 전체도 그 무당제일검이 아무런 소식도 남기지 못하고 생사불명 됐다는 것에 충격을 받았겠지만, 무룡관 시절 그 장본인을 어릴 적부터 보며 자라왔던 무룡관의 식구들의 충격은 이루 말할 수 없었다.

진연은 슬퍼하는 사제를 보고 밝은 분위기로 위로하려 했지만, 작은 농담도 할 수 없을 정도로 그가 우울해하는 걸 보고 어찌할 줄 몰라 했다.

그렇게 우울한 분위기가 지속되며 며칠이 흘렀고, 얼마 지나지 않아 장문인은 청곤과 더불어 그를 따라간 무당파의 삼대제자들을 데려오기 위해서 조사대를 파견하기로 한다.

조사대의 인원은 예산각주 선응을 필두로 하여 사대제자로 이루어진 이백 명이었다.

조사대치곤 좀 과하다고 할 인원이긴 했지만, 결코 과한 것이 아니었다. 지역이 지역인 데다가, 무당제일검 또한 생사불명이니 결코 방심할 수 있었다.

마음 같아선 사대제자가 아니라 청 자 배인 삼대제자를

보내고 싶었다.

하지만 정마대전을 대비하여 주 전력인 삼대제자를 조사대로 내보기가 애매하여, 조금 수준이 낮다고 해도 사대제자를 보낼 수밖에 없었다.

참고로 이 조사대 인원 중에는 당연히 진양 또한 포함돼 있었다. 사대제자를 뽑은 기준이 강함이었기에, 그중에서도 최상위에 속하는 진양이 포함되어 있었다.

물론, 청곤이 걱정되어 조사대에 뽑히지 않았더라고 해도 진양과 더불어 무룡관 식구들은 자진해서 참전했을 것이다.

"같이 가지 못해서 정말 아쉽구나. 너희들만 믿겠다."

"걱정 마세요, 대사형. 저희만 믿으세요."

무룡관 식구 중 진륜은 유일하게 가지 못했다.

알다시피 걸어 다니는 무공비고인 장서각주는 강호 바깥으로 나가지 못한다. 정마대전이 일어난다 해도 호북은 커녕 무당파에서 나갈 수 없었다.

진륜은 마음 같아선 무룡관 사형제들과 함께 청곤을 찾아 나서고 싶었지만, 그도 자신이 어떤 자리에 있는지 잘 알고 있기 때문에 그 마음을 참았다.

"조심하거라."

청솔은 걱정 가득한 얼굴로 제자를 배웅해 주었다.

결국 제자가 최전선에 나가게 됐다.

말만 조사대이지, 청해는 지금 전쟁이 시작될지 모른다는 긴장으로 가득 차 있다. 어쩌면 가서 정마대전이 곧바로 터지고 그 최전선에 싸우게 될지 모른다.

하지만 언젠가는 각오했던 일. 안타깝고 걱정스럽긴 해도 안 보낼 수는 없었다. 그래서 벽곡단이나 말린 고기 등을 챙겨주었다.

"양 사형, 다녀오십시오. 같이 못 가서 아쉽다."

서교는 뒤죽박죽 섞인 반 존대로 진양을 배웅했다.

그녀는 사대제자 중에서도 무력은 최상위에 속하지만, 무당파의 속가제자로 막 입문한 입장인 데다가 황족인지라 당연히 저런 위험한 곳에 갈 수는 없었다.

게다가 그녀는 애초에 무당파에서 무언가 협력할 입장을 가질 수 없다. 그렇지 않아도 얼마 전 황궁에서 무당파나 혹은 정파의 일에 관여하지 말라는 연락이 왔었다.

아무리 권력 없는 허수아비 황족이라 해도, 괜히 최전선에 따라갔다간 황궁이 대놓고 정파와 마교 사이에 끼겠다는 뜻으로 해석될 수도 있다. 서교도 그걸 모르고 있지 않기 때문에 아쉬워도 참을 수밖에 없었다.

"양아, 잘 다녀와. 마음 같아선 나도 가고 싶은데 아직 경지가 낮아서 안 된대. 지금 이류에서 일류라 영약 좀 먹으면 절정은 금방일 텐데……."

이산가족도 아니고, 왜 이렇게 사제 보기가 힘든지 모르겠다.

진연은 농담이 아니라 진심으로 이번 조사대에 합류하고 싶었다. 하지만 무위가 되지 않아서 불허를 당했다.

아니, 애초에 그녀는 공식적으로 전투 인원이 아니라 비전투 인원이다. 저런 위험천만한 곳에 따라갈 수 있을 리 없었다.

"그럼, 다녀오겠습니다."

第五章

쇄월검자(碎月劍子)

청해로 향하는 조사대는 무당파뿐만 아니었다.

일단 기본적으로 호북 땅에서 활동하는 정파인들도 모였다. 그중에는 호북에서 무당파 다음가는 세력으로 유명한 오대세가의 두뇌, 제갈세가와 더불어 무림맹에 가입한 중소규모 정파도 껴있었다.

"우선 우린 감숙으로 향한다. 거기에서 각지에서 출발한 조사대와 합류한다."

호북에서 출발한 조사대의 총 인솔자는 선응이 맡았다.

구파일방 중 하나이기도 하고, 연령이나 강호의 경험도 많은 데다가 무공의 경지도 제일 높았기 때문이었다.

오대세가인 제갈세가에서도 나름 명성 높은 사람이 끼긴 했지만, 선웅 정도는 아니었다.

그래서 그런지 호북 조사대는 대부분 인솔자에 불만이 없었고, 선웅의 말에 따랐다.

참고로 이번 조사대는 호북에서만 나오는 것이 아니다.

조사대 인원을 호북 정파 세력에게만 맡길 수 없는 노릇이니, 당연히 다른 무림맹 지부에서도 지원이 오기로 했다.

그래서 청해 바로 옆 땅, 감숙에서 모두 합류하기로 했다.

이후, 감숙에서 다른 무림 정파와 합류하자 그 인원은 모두 합해서 약 육백 명 정도 됐다.

적지 않은 인원이었지만, 그래도 많다고는 할 수 없었다. 정마대전을 각오하고 보냈다면 이보다 많아야 했으니까. 딱 조사대에 적절한 인원이었다.

그중 이백여 명의 무당파가 제일 눈에 띄었으며, 그 외에 세력은 구파일방의 인원과 오대세가, 그리고 중소규모의 문파인들로 채워졌다.

*　　*　　*

감숙, 난주(蘭州)

서역을 여행하고 인도에 들어간 현장법사도 하룻밤을 묵었다는 감숙의 성도. 그 난주 땅에는 무림맹의 조사대가 모여서 서로 통성명을 통해 서로를 알고 지내고 있었다.

웅성웅성.

난주객잔.

난주의 이름을 그대로 쓰는 유일한 곳이며, 난주 땅에서 하룻밤을 보내는 곳 중 제일 값나간다는 고급 객잔이다.

무림맹 소속 조사대답게, 오늘밤은 난주객잔을 전세내서 떠들썩하게 보냈다.

"무당파의 금위사범!"

"과연, 저 청년이 그 유명한 금위사범인가. 생각한 것보다 젊구나."

"듣기론 그 실력이 보통이 아니라는데. 한 번 공수를 교환하고 싶군그래!"

무려 육백 명의 무인.

그 많은 인원들에게 주목을 받는 사람이 있었다.

이백 명의 도사들 틈에 섞여, 무룡관의 사형제들과 함께 원형 탁자에 둘러 앉아 식사 중인 진양이었다.

"우리 양이가 엄청 인기네."

무룡관의 쌍둥이 자매, 진소가 장난스레 웃으면서 팔꿈치로 진양의 허리를 쿡쿡 찔렀다.

목소리도 큰 것이 꼭 일부러 남들이 들으라는 듯이 자부심 가득한 표정을 짓고 있었다.

"진소 사저, 너무 그러지 마세요. 부끄러워요."

그는 어릴 적부터 외톨이 생활을 너무 오래해서 그런지, 사람들의 시선에 그다지 익숙하지 못했다.

그래서 남들의 주목이 조금 부담스러웠는지 머리를 슬쩍 숙이고 눈에 띄지 않게 노력했지만, 그런 걸로 주목이 사라질 리가 없었다.

"으하하핫! 뭘 그리 부끄러워 해? 이런 건 자랑스러워하는 거야!"

진성이 씩하고 웃으면서 소리 높여 웃었다.

"양아, 동생이랑 진성 사형 때문에 네가 고생이 많구나."

진소의 쌍둥이 언니인 진하가 이골이 난 듯 미간을 찌푸리면서 진양을 동정했다.

그녀도 한창 강호에 나갔을 적, 진소나 진성과 함께 돌아다니면서 두 사람의 성격 때문에 고생한 적이 한두 번이 아니었다.

"이해해 주는 사람이 한 사람이라도 있어서 다행이네요."

진하에게서 동질감을 느낀 진양이 쓴웃음을 지었다.

"흥. 뭘 그리 대단하다고 생각하는지 이해를 못하겠군."

그렇게 한참 화기애애한 분위기 속에서 대화 도중, 옆자리에서 누군가가 불쾌함이 묻어나는 목소리로 말했다.

시끌벅적한 소리 때문에 그 목소리를 들은 자는 몇 없었지만, 바로 옆 좌석에 내공수위가 높아 청각능력이 뛰어난 무룡관 식구들은 모두 들을 수 있었다.

세 사형제와 함께한 진양의 눈동자가 옆자리로 옮겨졌다. 비슷한 나이 또래의 무인들이 옹기종기 모여서 적대감 가득한 분위기를 풍긴다.

"저 녀석들……."

제일 다혈질적인 성격을 지닌 진성이 눈을 뱀처럼 길게 찢으며 사나운 맹수마냥 낮게 으르릉거렸다.

"사형. 전 괜찮습니다."

당장이라도 튀어나갈 것 같은 진성을 보고 그가 말렸다.

"예, 사형. 양이 말대로예요. 여기에서는 참는 것이 좋아요."

진하도 사제의 말에 동의했다. 그러자 진성은 할 수 없다는 듯이 미련이 남은 얼굴로 다시 제자리에 앉아 억지로 시선을 돌렸다.

"애초에 관부의 무학은 우리 무림의 무학보다 질이 낮잖아. 그 실력 또한 안 봐도 뻔하겠지. 아무리 금의위라고 해도 형편없을 터, 그런 놈들을 가르치는 건 누구나 할 수 있다고."

"그렇습니다, 사형. 저놈은 그저 운이 좋을 뿐이지요."

"겨우 그런 걸 가지고 뭐가 된 것마냥 실실거리는 게 정말 꼴 보기 싫습니다."

장본인을 옆에 두고 저리 말하는 걸 보면, 들으라는 의도가 틀림없었다. 그 증거로 그들은 만면에 비웃음을 가득 맺고 목소리를 높여서 말하고 있다.

"더 이상 참을 수 없군!"

저 태도는 딱 봐도 시비를 거는 것이 틀림없다.

진성은 목에 핏줄을 세우며 자리에서 벌떡 일어났다.

자기 욕도 참지 못하지만, 같은 무당파의 식구들을 욕하는 것은 더욱 참을 수 없다.

"진성 사형."

"양 사제, 그냥 둬. 사제가 저렇게 욕을 먹는데……."

"그게 아닙니다. 제가 처리하고 싶어서 그렇습니다."

"응?"

자신은 성인군자가 아니다.

아무리 도가무학을 익혀서, 웬만한 도발에는 꿈쩍도 하지 않는 정도의 참을성과 차분함을 가지고 있다 해도 그건 어디까지나 비무나 실전 속에서나 통용된다.

대놓고 저렇게 비방하는 목적으로 옆에서 욕을 하는 건 천하의 진양도 가만히 있기가 힘들다.

다만 이 자리에서 싸움을 일으키기는 싫었다.

주변을 둘러보면 다들 웃는 얼굴로 담소를 떨고 있다. 이 분위기를 망치고 싶진 않았다. 그건 민폐니까.

자리에서 일어난 진양은 시비를 건 무리에게로 터벅터벅 걸어갔다. 그리고 그들을 내려다보며 따라오라는 눈짓을 보였다.

"흥."

상대방도 기다렸다는 듯이 자리에서 일어났다.

*　　*　　*

객잔에는 많은 사람이 모인다. 특히 성도 같은 경우는 무림인의 숫자가 특히 많다.

무림인들은 대부분이 자신의 힘을 과시하는 걸 좋아한다. 굳이 정파 사파가 아니더라도 싸움이 잘 벌어지는데, 객잔 입장에선 이러한 일이 특히 골치다.

기물 파손도 골치 아프지만, 객잔에서 싸움이 일어나는 건 대부분 일반 손님들이 싫어한다. 혹시라도 그 싸움에 휘말릴 것 같아서 식사를 도중에 관두고 아예 나가 버린다.

그래서 대부분 큰 객잔은 이를 방지하기 위해서 따로 비무를 할 장소를 마련해 뒀다. 실제로 이렇게 해두면 다들 시비가 걸리면 밖에서 싸우기 때문에, 객잔의 다른 손님들에게 피해도 가지 않고 기물도 파손되지 않는다.

난주객잔의 뒷마당, 임시 비무장.

조사대의 여러 무인들이 크게 원으로 둘러 모여 있었다.

"싸움이다!"

자고로 시대가 어떻건 간에 불구경, 싸움 구경은 환영받는 법. 무림의 세계는 특히 더 그렇다.

말하기 좋아하는 강호인들은 툭하면 이름을 붙이고, 누가 더 강하냐라는 이야기로 꽃을 피우기 마련이다.

"한 명은 소문의 금위사범이고……."

"다른 한 명도 만만치는 않아. 종남파의 떠오르는 유망주인 쇄월검자(碎月劍子) 소추산(小墜山)이다."

"오오, 그……."

이번 조사대에는 유난히 젊은 편에 속하는 무인이 많았는데, 다른 것이 아니라 공을 세워 이름을 높이기 위해서였다. 행방불명 된 무림맹 장로의 행적을 알아낸다는 건, 나름 상당한 공이여서 그렇다.

그래서 강호의 후기지수가 나름 많은 편이었는데, 쇄월검자 소추산도 금위사범의 이름만큼은 아니지만 나름 유명했다.

"조용히 나왔는데도 이렇게나……."

주변의 구경꾼들을 보고 진양이 한숨을 푹 내쉬었다.

'뭐, 이제 익숙해졌으니 조금 낫나.'

북경에 있을 적엔 금의위를 포함하여 병사들까지 가르쳤다.

여전히 부담스럽긴 해도 못 참거나 싫을 정도는 아니다.

"흥. 주변에서 운이 좋은 널 떠받아주니 넌 뭐라도 된 듯 행동하는 것 같구나. 하지만 그게 큰 착각이라는 걸 내 똑똑히 알려주마."

소추산이란 인간은 원래 조금 남들보다 질시가 심했다. 그뿐만 아니라 허영심이 커서, 항상 유명해지고 떠받들어지기를 원했다.

그런 그에게 있어 후기지수 중 으뜸이라고 칭송받는 진양이란 인간은 정말 꼴 보기 싫은 인간 중 하나였다.

'게다가 꼴 보기 싫은 무당파…….'

저번에도 말했다시피 구파일방은 서로 같은 소속인데도 불구하고 서로 경쟁하는 것이 좀 심한 편이다.

정마대전이라는 큰 싸움을 앞두고 협력하는 것도 모자라 서로 공을 먼저 세우려고 싸우고 있다.

그리고 그 경쟁은 구파일방 중에서도 특히 도가 계열 문파가 심했고, 종남파에게는 같은 도가 계열인 무당파는 특히 최고의 경쟁 상대였다.

남존무당이라는 말과 함께 도가 계열 문파 중에서는 무당이 으뜸이었으니까.

“내가 이긴다면 사과해라.”

그런 소추산을 보면서 진양이 말을 툭 내뱉었다.

“뭐?”

“아무래도 귀가 안 좋은 모양이군. 미처 몰라 미안하다. 다시 한 번 말하지만, 내가 이긴다면 너는 공손하게 사과를 해야 한다.”

“이익, 네 이놈!”

소추산이 이를 뿌드득 갈면서 사나운 표정을 지었다.

‘걸렸다.’

도발에 너무나도 손쉽게 걸려든 소추산을 보고 진양이 속으로 옅게 웃었다.

강호에서 쓴맛을 본 경험이 있었던 진양은 상대가 누구건 간에 방심하지 말고 최선을 다해야 한다는 걸 깨달았다.

상대하기 귀찮을 정도로 아주 약한 무인이라면 모를까, 소추산은 그래도 명색의 구파일방 중 하나인 종남파 제자이고 쇄월검자라는 별호와 함께 나름 후기지수로 인정받는 남자였다.

겉으로 경지를 가늠해 봐도 대략 절정 초입 부근은 될 듯싶어서, 짜증 나는 언변과 도발을 통해 상대방의 이성을 약하게 하고 감정을 뒤집었다.

"그 잘난 입을 닫게 해 주마!"

소추산이 벌겋게 뜬 눈으로 검을 꼬나 쥐고 달려들었다.

'역시 구파일방 출신 제자답다.'

강호에 나와 여러 적과 비무를 해봤지만, 구파일방 출신의 무인과는 싸운 경험이 없었다.

그래서 경계심도 잔뜩 들었고, 덕분에 상대방의 무위를 하나도 놓치지 않고 집중해서 볼 수 있었다.

소추산의 발걸음은 깃털처럼 가볍고 상당히 조용했다.

무인이라기보다는 살수에 가까운 발걸음이었는데, 기척을 숨기고 은밀하게 상대를 암살하는 살수들의 보법이나 신법 등은 대부분 이런 특징을 가지고 있어서 그렇다.

틀린 생각은 아니었다.

정파 무인을 보고 살수의 움직임과 닮았다고 하면 무척 화내겠지만, 소추산이 보여 준 잠영보(潛影步)라는 보법은 애초에 과거에 종남파의 한 절세고수가 살수의 발걸음을 보고 정파에 알맞게 창안한 보법이다.

"하앗!"

살수처럼 은밀하고, 조용하게 진양과의 거리를 좁힌 소추산은 그대로 장기인 쇄월검법(碎月劍法)을 펼쳤다.

검을 쥔 손에 힘을 잔뜩 주고, 칼끝에 내기를 집중시켜

재빠른 찌르기를 날린다.

'찌르기에 특화된 무공이구나.'

쇄월검법의 초식을 보자마자 진양은 그 본질을 꿰뚫어 보았다. 이는 그가 딱히 천재라서가 아니다.

굳이 그가 아니더라도, 쇄월검법은 상승 무공이긴 하지만 하수가 봐도 그게 어떤 무공인지 잘 알 수 있었다.

이는 쇄월검법이 극(極)으로 치우쳤다고 할 정도로, 찌르기에 집중되어 있어서 그렇다.

팔을 뒤로 뺐다가, 일순간 힘을 집중시켜 한 점을 노리고 재빠르게 쾌속으로 찌르는 검. 그걸 보고도 찌르기에 특화되었다고 생각하지 않는다면 그건 무인이 아니라 그냥 범인이다.

하지만 알아보기 쉽다 해도 그냥 순탄하게 막을 수 있는 건 아니었다.

검로가 훤히 보이도록 노출됐다는 건, 그만큼 자신이 있다는 뜻이다.

실제로 쇄월검법의 초식은 하나하나 검로를 유추할 수 있지만 그걸 막기엔 힘들다.

한 점에 집중된 내공도 그렇고 눈으로 쫓기 힘들 정도의 쾌검이기 때문에 몸이 따라주지 않는다면 알고도 피할 수가 없다.

'상성이 좋지 않아. 물론 내가 아니라 네놈이.'

진양이 서늘하게 웃었다.

그 웃음은 정파인이 짓기에는 조금 부적절했지만, 그 순간이 아주 찰나라 본 사람은 아무도 없었다.

가까이에 있던 소추산조차 보지 못할 정도였다.

'진기를 두른 것이 아니라, 한곳에만 집중했다. 그렇다면 당연히 파괴력도 늘어나지.'

원래라면 검 전체에 진기를 흘려서, 검의 전신 자체를 강화하는 법이다.

철은 좀 더 단단하게, 그리고 손에서 검으로 흐르는 힘은 빠르게, 또한 여러 방면으로 언제든지 변화할 수 있는 반응속도는 높이기 마련이다. 그게 일반적인 검법이다.

하지만 쇄월검법은 아니다. 말했다시피 쇄월검법은 찌르기에만 특화하여, 검 끝에만 공력을 집중했다.

찌르기만큼은 감탄이 나올 정도로 대단해지지만, 다르게 말하면 검을 부딪친 이후 베기나 방어검식 등에는 반응이 느리고 약하다는 뜻이다.

즉, 그 찌르기를 막거나 튕길 수 있다면 문제없다.

보통이라면 절정의 무인이 내력을 한곳에 싣는다면 초절정이나 그 이상의 무인이 아니라면 반격하기가 어렵다. 아니, 그 전에 반응도 힘들다.

하지만 진양은 다르다. 그는 원래 남는 게 내공이다.

알다시피 이미 동년배 나이대에서 그보다 내공이 많은 사람은 없다.

아니, 동년배뿐만 아니라 사십 대에서도 찾기 힘들 것이다. 이 갑자나 되는 내공은 결코 보통이 아니다.

즉.

'별로 무섭지도 않다는 것이다!'

째애애앵!

"무슨!"

절기의 초식이 어이없을 정도로 손쉽게 튕겨 나가자, 소추산은 크게 당황했다.

정신적으로 당황한 것뿐만 아니라, 공력 싸움에 패배하자 찾아오는 내공의 반탄력에 팔 전체를 넘어서 내장까지 아릿하게 아파오는 등 육체적인 고통에도 당황스럽다.

'그리고 이때를 노려서, 빈틈없이 치명상을 입힌다!'

권기를 두른 주먹에 튕겨 나간 검을 확인한 뒤, 씨익 웃고 다시 반대쪽 손으로 다음 권격을 날린다.

쐐애액하고 공기를 찢어발기는 날카로운 파공성과 함께 주먹이 깔끔할 정도로 일직선을 그었다.

그 선 끝의 주먹은 그대로 소추산의 흉부를 노렸다. 만약 이게 실전이었다면 주먹에서 흘러나온 풍압의 영향으로 인해 소추산은 큰 내상을 입고 뒤로 떨어져 나갔을 것이다.

"으, 으아악!"

흉부에 맞을 것이라고 틀림없이 생각한 소추산이 두 눈을 질끈 감으며 뒤로 꼴사납게 넘어졌다.

그리고 그다음 넘어올 일격에 얼른 검을 아무렇게나 휘둘렀는데, 그 모습이 정말 불쌍할 정도로 볼품없었다.

"하하하하!"

그 모습을 본 구경꾼들이 웃음을 터뜨렸다.

"소추산! 이건 실전이 아니라 비무일 뿐이라고!"

"뭘 그렇게 겁먹고 있어!"

"하하하하!"

무당의 자랑인 진양을 욕한 게 마음에 들지 않았던 무당파의 사대제자들은, 넘어진 소추산을 보고 마구 비웃었다.

구경하러 왔을 때, 무룡관 사형제들의 식탁 근처에 앉았던 다른 사대제자들이 싸우게 된 이유를 알려주어 그들도 상당히 기분이 상해 있었다. 이 결과를 기다렸다는 듯이 복수로 가득한 웃음을 흘렸다.

"사, 사형!"

소추산을 따르던 사제들이 얼른 달려와 그를 부축했다.

"과연, 무당파의 신진 고수구나."

"솔직히 나도 그저 운이 좋아서 얻은 별호라고 했는데, 아니었어. 확실히 무당파의 미래가 밝아."

"소추산의 쇄월검법은 눈으로 좇기도 힘들 정도의 쾌검. 그걸 귀신같이 반응하여 부딪쳐서 튕기다니, 내공 또한 만만치 않군그래."

구경꾼 중에서 무당파나 종남파에 소속되지 않은 정파 무인들은 하나같이 감탄을 안 할 수가 없었다.

쇄월검법은 종남파를 대표하는 절기 중 하나다. 워낙 유명한 덕분에 다들 쇄월검법에 대해선 잘 알고 있었다.

그 절기가 단 일격에 무너졌으니, 진양을 질투하고 운이 좋다며 우습게보던 자들도 생각을 바꾸었다.

"네 이놈, 비겁한 수를 썼구나!"

소추산이 치욕으로 벌게진 안색으로 소리를 버럭 질렀다. 얼굴은 참혹하다 할 정도로 일그러져 있었다.

"금위사범 진양은 비겁하게도 질 것 같아서 살초를 썼다! 나는 갑작스러운 살초에 놀랐을 뿐이다!"

승복하지 못한 소추산은 어떻게든 구겨진 명예와 자존심을 살리기 위해서 터무니없는 주장을 했다.

물론 아주 말이 안 돼는 소리는 아니다.

무인들, 특히 혈기가 넘치는 젊은 나이의 무림인들이 비무를 할 때 지고 싶지 않은 마음 때문에 이성을 유지하지 못하고 살초를 쓰는 일이 종종 일어난다.

그러나 방금 전의 비무는 전혀 그런 모습이 없었다.

살초라는 건, 자고로 초식에 살의가 담기거나 혹은 사혈(死穴) 등을 노려 누가 봐도 맞으면 죽을지도 모른다는 초식을 의미한다.

그러나 진양의 권격에선 당연히 살의는 단 한 줌도 느껴지지 않았고, 소추산의 흉부를 노리긴 했어도 상당한 거리를 유지하고 도중에 멈췄다.

그저 소추산이 그 권격에 놀라서 혼자서 뒤로 넘어졌을 뿐. 그 이상 그 이하도 아니었다.

게다가 한두 사람도 아니고, 많은 사람들이 목격했다. 초식을 알아볼 수 없는 먼 거리도 아니었기에 제법 실력 있는 후기지수뿐만 아니라 하수의 경지에 있는 무인들조차 알아볼 수 있을 정도로 답이 나온 광경이었다.

그러한 상황에서 살초를 쓰려 했다, 라는 등 비겁하다며 외치는 것은 그저 하찮은 변명일 뿐이었다.

그 증거로 구경꾼 모두가 혀를 차면서 소추산을 바라볼 뿐, 믿는 눈치는 아니었다.

"이러니 평소의 행실이 중요하지……."

누군가가 중얼거렸다.

맞는 말이었다.

소추산은 무공은 뛰어나지만, 성격이 그다지 안 좋기로 알려져 있다.

후기지수라는 건, 그만큼 눈에 띄고 주목을 받고 있다는 의미다. 그러다 보니 자연히 성격에 대해서도 좋건 나쁘건 간에 알려진다.

그에 반면 진양은 나름대로 행실이 좋은 쪽으로 소문 나 있었다.

사실 그는 사람들과 교류가 그다지 활발하지 못해, 성격에 대해선 아는 사람이 몇 없지만 — 용봉비무대회 때 태극권협으로 많은 정파 무인들을 도와서 그 덕분에 좋게 보이고 있었다.

"이익!"

여론이 좋아지지 않자 소추산이 부들부들 떨었다.

"때로는 깔끔하게 승복할 필요도 있는 법이오, 쇄월검자. 그 이상은 추악해질 뿐이니 무인답게 인정하시오."

구경꾼 무리가 양옆으로 쭉 갈라지며 훤칠하고 시원시원하게 잘생긴 미남자 한 명이 걸어 나오며 말했다.

"……크윽!"

그 말에 소추산은 뭔가 말을 꺼내려다가, 가까스로 참아내곤 등을 홱 돌렸다.

비록 그가 전형적인 악당의 대사인 '다음에 두고 보자!'

라는 말은 남기지 않았지만, 엇비슷한 분위기를 풍기면서 종남파의 무인들과 함께 이 자리에서 누구보다 빨리 벗어났다.

"이 겁쟁이 놈아! 사과는 하고 가라!"

진성이 속 시원하다는 얼굴로 소리쳤다.

"괜찮습니다, 사형. 어차피 그 이상의 치욕을 겪었으니까요."

사과보다 더 값진 광경을 본 그는 만족스럽게 웃고 있었다. 원래라면 승복하지 못한 소찬수를 화려한 언변으로 누르고, 사과를 받아 낼 생각이었지만 미남자가 말해 준 덕분에 그럴 필요가 없어졌다.

"빚을 졌습니다."

진양이 미남자를 향해 포권으로 공손하게 인사했다.

소추산을 대하던 태도와는 확연히 다른 모습이었다.

"빚이라니, 나야말로 용봉비무대회 때 양 소협께 구명지은을 빚졌소. 그에 비해 이런 건 빚이라고 말하기에도 민망할 정도요."

모용중광이 하얀 이를 드러내며 악수를 건넸다.

第六章

이합쌍검(二合雙劍)

쇄월검자 소추산의 시비는 불쾌했지만, 비무를 한 것 자체는 나쁘지 않았다.

이번 조사대 인원 중에서는 소추산처럼 진양을 얕보고 조금 무시하는 인원도 있었다.

그중 대부분이 질투 때문에 안 좋은 눈초리로 쳐다보는 이들이었다.

어린 나이에 유명해진다는 건, 꼭 좋은 것만은 아니다.

선망의 눈이 있다면, 당연히 질시의 눈도 있다.

굳이 소추산이 아니라도, 언젠가는 그가 마음에 들지 않는 이들이 필히 시비를 걸었을 것이다.

어차피 벌어질 일, 후에 조사대 임무 중 불협화음을 만드느니 차라리 이렇게 초기에 우습게 보이지 않도록 하는 편이 좋았다.

실제로 쇄월검자 정도 되는 인물을 일격에 쓰러뜨리고 코를 납작하게 한 덕분에 그를 더 이상 우습게 보는 사람이 없었다.

반대로 조사대 합류 이후, 진양을 안 좋게 보며 뒤에서 욕을 했던 것이 걸려 뭐라 할 것이 두려워 무당파 근처에는 얼씬도 하지 않았다.

자존심이 상하긴 하지만, 그래도 괜히 싸웠다가 더 큰 망신을 당하고 싶지는 않다.

"정말 오랜만에 뵙습니다, 섬광구명(閃光求命) 대협."

섬광구명은 모용중광의 별호이다.

용봉비무대회 때, 모용중광은 진양과 함께 많은 정파 무인들을 적들에게서 구해 주었다.

목숨을 구해 줄 때, 그의 절기인 섬광부운검의 섬광 빛 때문에 붙여진 이름이었다.

"대협이라니, 당치도 않소. 게다가 그 별호는 좀 참아줬으면 하외다. 얼굴이 다 화끈거려서 말이오."

모용중광은 정말로 부끄러운지, 얼굴을 살짝 붉히면서 쑥스럽게 웃었다.

섬광처럼 나타나 목숨을 구한다니, 나름 나쁜 별호는 아니었으나 항상 자신의 부족함을 알고 겸소한 성격을 가진 모용중광에게 있어선 조금 부담스러웠다.

"후후후. 그럼 예전처럼 모용 소협이라 부르겠습니다."

진양이 옅게 웃으면서 어깨를 으쓱했다.

두 사람은 서로 마주 본 채로 훈훈하게 웃으며 대화했다.

사람과의 교류가 적은 진양에게 있어, 강호에 나가 만든 인연 중 하나가 바로 모용중광이다.

천재적인 무공 재능도 그렇지만, 밝은데다가 항상 겸손한 태도로 상대방을 존중하는 성격을 보자면 모용중광은 정말 완벽하다 할 정도인 사람이었다.

그런 사람에게 질투를 하기는커녕, 인간으로서 완벽해 보이니 약간이나마 존경심이 들 정도였다.

"그나저나, 저 때문에 괜히 사형제 간의 대화를 망친 것이 아니오? 이것 참 미안하군요."

진성 등의 무룡관 사형제들은 모용중광과 진양의 재회를 방해하지 않겠다며 자리에서 빠져주었다.

"괜찮습니다. 진성 사형이나 사저들도 오랜만에 재회한 사람들 사이에 끼긴 눈치 보여서 싫다고 했으니까요. 너무 신경 쓰시지 않아도 됩니다."

"음, 역시 무당파요. 그 배려에 이 모용중광, 작게나마

감동했소."

모용중광은 빈말이 아니라 진심으로 탄복한 듯, 머리를 위아래로 몇 차례 흔들었다.

"소가주(小家主)가 되신 것 축하드립니다. 원래라면 요녕에 찾아가 축하 인사를 드려야 했으나, 바쁜 나머지 방문하지 못했습니다."

"이런, 거리가 상당한데도 그 사실을 알고 있다니, 신기할 따름이오."

모용세가가 위치한 요녕은 북경에서 북동쪽으로 하북 땅을 넘어 있다. 하북과 함께 중원 최북단에 있다.

용봉비무대회가 끝나고, 세가로 돌아간 뒤에 모용중광은 얼마 지나지 않아 공식적인 소가주로 발표됐다. 즉, 다음 대 가주라는 뜻이었다.

그다지 놀라운 일은 아니다.

모용중광은 원래부터 무공에 대한 재능도 있었고, 성격도 괜찮았으며, 심지어 외모까지 완벽하다.

게다가 장남이다 보니 이보다 더 완벽한 사람을 찾기도 힘들 것이다. 그래서 후계 싸움 없이 문제없게 소가주의 자리에 앉을 수 있었다.

덕분에 명문세가에 흔히 있는 후계나 파벌 싸움이 일어나지 않았다.

"아실지 모르겠지만, 북경에 갔을 때 그 소식을 알게 됐습니다."

북경에 금위사범으로 있을 적, 훈련을 끝내면 남는 시간이 있었다.

그럴 땐 중원 무림의 일을 알기 위해서 북경에 있는 개방도를 찾아가 중원 무림의 소식을 종종 듣곤 했다. 그중에는 비교적 가까운 위치해 있는 모용세가의 일도 있었다.

마음 같아선 찾아가고 싶었지만 아무래도 임무가 너무 많아서 직접 가서 축하해 줄 수가 없었다. 그게 너무 미안했다.

"양 소협께서 금위사범의 일 때문에 북경에 간 일을 모르는 사람이 어디 있겠소? 무림이건 관부건 모두 떠들썩하지 않았소. 나야말로 북경에 가까운 요녕에 있을 때 축하하러 가지 못한 점 미안하게 생각하오."

모용중광이 진심으로 미안한 기색으로 머리를 숙였다.

"그러실 필요 없습니다."

모용중광이 머리를 숙이자 진양이 깜짝 놀란 얼굴로 손사래를 쳤다.

그러자 모용중광이 머리를 살짝 들어 한쪽 눈을 찡긋 하고 감았다.

"하하하, 그렇다면 서로 잘못을 했으니 똑같구려. 이거야 원, 오랜만에 재회했는데 사과만 하다니!"

"하하하하!"

두 남자는 서로의 얼굴을 보고 마주 웃었다.

'이보다 완벽한 사람은 없을 것이다.'

무인은 원래 자존심이 크다. 그런데 모용중광은 그 자존심을 하나도 챙기지 않고, 머리를 숙였다.

소가주라는 위치에 있다면 더욱 숙이기 힘들 텐데도.

아무리 두 사람만 있다고 해도 이는 대단한 일이었다.

그런 모용중광을 보면서 진양은 감탄하지 않을 수가 없었다. 속으로 '이건 어디의 만화 주인공이냐?' 라고 생각할 정도였다.

이 남자의 자서전이 완성되어 후대에 전해진다면, 너무 과장된 것이 아니냐며 의심받을 만했다.

"헌데, 먼 요녕에서 여기까지는 무슨 일입니까?"

청해는 중원에서 서쪽 끝에 있다. 요녕과 반대되는 남부는 아니지만, 그래도 먼 건 매한가지다.

게다가 소가주라서 한창 가문의 업무로 바쁠 모용중광이 조사대로 파견되자 의문이 생겼다.

"이번 조사대는 저뿐만 아니라 많은 후기지수가 참여했다고 들었소. 연을 맺기도 좋고, 잘하면 공을 올려 모용세가의 이름을 높일 수 있지 않겠소?"

"과연."

모용중광의 말을 듣고 단번에 이해할 수 있었다.

후기지수 중 대부분은 다음 세대를 이끌어 갈 인물들로 가득하다. 그들과 함께 임무를 수행하면 전혀 나쁠 것이 없다.

친분을 미리 맺어 두고 돈독하게 한다면, 후에 무슨 일이 있을 때 도움을 청할 수 있다.

소가주, 즉 그러니까 차세대 가문을 이끌 자는 단순히 강하기만 해선 아니 된다. 지도력뿐만 아니라 다른 세력과 조율을 맺는 외교력도 있어야한다.

그 기본을 쌓기 위해서 모용중광은 먼 청해 땅까지 파견을 가기로 했다.

또한, 차세대 가주인 모용중광이 청해에서 임무를 성공적으로 완수하고, 공을 높인다면 자연히 스스로의 이름 뿐만 아니라 모용세가의 이름도 높일 터. 어쩌면 다음대 무림맹주에 도전할 수 있을지도 모른다.

"이번에 함께 힘을 합쳐 봅시다. 내 힘을 다해서라도 끝까지 남아 청곤 장로님을 함께 찾아주겠소."

모용중광이 조심스레 말했다.

그도 무당제일검 청곤과 더불어 무당파 제자들이 행방불명 된 것은 잘 알고 있었다.

"감사합니다."

진양은 모용중광의 말이 누구보다 더 든든했다.

*　　*　　*

감숙 땅에서 잠시 휴식을 취했던 조사대는 다시 청해로 떠났다. 그 진군 속도는 좀 빠른 편이었다.

아무래도 사안이 조금 급한 나머지, 여유 있게 유람하는 기분으로 갈 수는 없었다.

중간중간, 소추산을 포함하여 종남파가 사나운 눈길로 종종 무당파 무리를 째려봤지만 그뿐이었다. 다행히 크게 시비가 걸리지는 않았다.

그리고 진양은 청해로 향하면서 모용중광과의 회포가 아직 덜 풀린 듯 그동안 어떻게 지냈는지에 대해서 자주 이야기했다.

이야기 도중에 무룡관 사형제에게 모용중광을 소개해 주기도 하였고, 성격 좋은 모용중광답게 잘 어울릴 수 있었다.

무당파의 신진 고수와, 모용세가의 소가주가 잘 어울린다 보니 자연스레 두 단체는 서로 어울리면서 친분을 쌓았다.

원래 무당파와 모용세가는 같은 무림 정파이지만, 구파

일방과 오대세가라는 입장과 서로 지역이 멀다 보니 연이 별로 없었다.

하지만 두 사람 덕분에 친분을 쌓을 수 있어서, 모용중광을 청해에 오게 된 목적 중 하나를 달성할 수 있었다.

무당파는 남존이라 칭해질 정도의 대문파. 그 대문파를 이끌 무인들과 친해졌으니 결코 손해가 아니었다.

또한 모용중광은 무당파뿐만 아니라 다른 세력과도 친했는데, 대부분이 같은 오대세가에 속한 명문세가 자제들이었다.

다만 이번 조사대에 빠지기로 한 팽가는 없었다.

안휘의 남궁세가, 사천의 당가, 호북의 제갈세가였다.

남궁세가와 당가의 자제들은 초면이었지만, 같은 호북 땅의 제갈세가는 몇 번 본 적 있었는지라 그다지 어렵지 않게 나름대로 친분을 쌓을 수 있었다.

청해, 서녕(西寧)

서녕은 청해의 성도이며, 동시에 무림맹 지부가 설치된 지역이다. 조사대는 최소한의 휴식을 제외하고 열심히 진군한 덕분에 비교적 빠른 시간에 청해 지부에 도착한다.

인솔자 선응은 침음을 흘렸다.

서녕에 도착한 이후에도 느낀 것이지만, 전체적으로 분위기가 좋지 않았다.

한낮인데도 불구하고 저잣거리에는 사람이 몇 없고 외부의 인물의 방문에 백성들은 크게 경계하고 있다.

심지어 골목길에는 살해당해 방치된 시체가 널브러져 있고, 그 외에도 강도질이 버젓이 벌어지고 있다.

치안 자체가 안 좋다는 걸 들었지만, 이 정도일 줄은 몰랐다.

"음."

조사대 대부분이 그 광경을 보고 미간을 찌푸렸다.

또한, 무림맹 지부 자체도 보기가 좋지 않다.

몇몇 담은 무너져 내렸고, 수리하기 위해서 인부들이 돌을 옮기고 있다.

경비를 서고 있던 무사들을 지나치고, 정문을 지나자 청해 지부의 내부는 외부보다 상황이 더 안 좋았다.

불이 난 흔적도 있어 잿더미도 종종 보이고, 화려할 것 같은 전각은 핏자국으로 가득하여 을씨년스러운 분위기를 만들었다.

그래도 불행 중 다행인 것은 청해 지부 내부 쪽에선 무사나 사용인 등이 활발하게 움직이고 있었다.

멸문지화 등의 최악의 경우는 피하긴 했지만, 그래도 마음을 놓을 수는 없었다.

"기다리고 있었습니다. 이쪽으로 오시지요. 조사대 분들은 따로 안내해드리도록 하겠습니다."

내부로 들어서던 중, 무림맹 무사가 달려와서 안내해 주었다. 대표자인 선응을 비롯하여 인솔자 몇몇이 무사의 안내에 따라 사라졌고, 그 밖의 많은 인원들은 따로 객실 등으로 향했다.

"어서 오십시오. 청해의 지부장을 맡고 있는 우문독패(宇文獨覇)라 합니다."

우문독패는 사십 대 후반의 중년남이었다. 그동안 제법 고생을 했는지 지쳐 보이는 얼굴을 하고 있었다.

선응이 찾아온 자리에는 길고 직사각형 형태의 탁자가 있었는데 맨 끝 자리에는 우문독패가, 그리고 양옆에는 비슷한 나이대의 무인들이 앉아 있었다.

"반갑소. 무당파의 장로, 선응이라고 하외다. 청해로 파견된 조사대를 임시로 맡고 있소."

선응이 자기소개로 인사에 답했다.

"마음 같아선 대접을 하고 싶으나, 그럴 수 없는 걸 양해해 주셨으면 합니다."

우문독패가 조금 울적한 얼굴로 사과했다. 원래라면 손

님의 방문에 호화로운 음식을 내놓는 등 대접을 하는 것이 예의였겠지만, 때가 때인지라 그럴 수 없었다.

"그거에 대해선 나도 잘 알고 있으니 괜찮소. 여기까지 오면서 청해의 상황이 그다지 좋지 않아 보이던데, 괜찮다면 얘기해 주겠소?"

"그러니까……."

생각만 해도 골치 아프다는 듯, 우문독패가 조금 질린 얼굴로 친절하게 지금 돌아가는 상황에 대해 설명했다.

무림맹에서 보내온 서신과 크게 다를 것은 없었다.

어떤 전조도 없이 흑의를 입은 무인들이 습격했고, 청해 지부 무림맹 무사들은 그 습격에 필사적으로 대항했다.

그리고 대부분 성공적으로 막아내자, 적들은 포기했는지 그대로 도주. 이후 전서응을 무림맹으로 보내서 일차 조사대의 파견을 요청했다.

얼마 지나지 않아 무당제일검 청곤이 무림맹 무사들과 함께 찾아왔으며 도주한 적들의 흔적을 쫓다가 안개같이 사라졌다. 조사대 인원 중 단 한 명도 돌아오지 못했다는 점이다.

보고와 조금 다른 것이 있다면, 그동안 청해 지부 내부를 수리하고 다음 습격에 대비하다 보니 치안을 제대로 살피지 못했다는 점이다. 그로 인해 서녕 부근에 있던 도적

떼나 낭인 등이 말썽을 피우기 시작했다.

"그리고 보여드릴 게 있습니다."

"보여줄 것……?"

*　*　*

우문독패의 안내를 받던 선응은 코를 찌르는 냄새에 눈살을 찌푸렸다.

그러나 이 코를 찌르는 악취가 곧 무림인에게 있어 익숙한 시체 냄새라는 걸 얼마 지나지 않아서 알게 됐다.

"도 장주님. 무림맹에서 새로 보내온 조사대가 왔습니다."

안내에 따라 안치소로 추정되는 곳에 도착한 선응은 의외의 인물에 눈을 살짝 크게 떴다.

"일도양단?"

"오, 무당파의 장로께서 절 알아보다니, 이것 참 영광이구려!"

하북팽가와 나란히 도법으로 유명한 도가장의 장주이자 강호에는 일도양단이라는 별호로 알려진 도기철이었다.

"허허, 도 장주 같은 사람을 몰라본다면 내 눈이 옹이구멍이지."

그 말대로다. 기린처럼 목을 쭉 늘어뜨리고 위를 한참

올려다볼 정도로 신장이 큰 사람은 중원 무림을 뒤져 봐도 도기철밖에 없다.

게다가 덩치 또한 산 만하다 할 정도여서, 웬만한 험상궂은 산적도 그 앞에선 오줌을 지리고 말 것이다.

애초에 무림 정파에서 이렇게까지 외관상으로 무서운 사람은 단 한 사람밖에 생각나지 않는다.

"도 장주가 있을 줄은 몰랐소."

"일이 터지고 외부에서 제일 먼저 달려오신 분이 도 장주님이십니다."

도가장 역시 무림맹에 소속된 명문세가이다. 도움을 주러 오는 것은 당연하고, 또한 심상치 않은 상황이라고 느낀 도기철이 가문의 무사들을 이끌고 한걸음에 달려와 주었다. 그 고마움은 헤아릴 수 없을 정도였다.

"헌데, 이런 곳으로 데려온 이유가 단순히 도 장주를 소개시키려고 한 것은 아닌 것 같은데……."

"이런, 제가 깜빡 잊었군요. 이쪽을 봐주시겠습니까?"

우문독패가 안치소 끝, 여러 무사들로 엄중히 경비를 서고 있는 곳을 가리켰다. 그곳엔 시체 한 구가 누워 있었다.

"이건……."

가리킨 곳을 보고 선웅이 미간을 찌푸렸다.

그가 아는 시체와는 모습이 사뭇 달랐기 때문이다. 피부가 꼭 먹을 머금은 듯, 시커멓게 변색되어 있었다. 피부가 타거나 하는 수준이 아니라, 어두운 곳에서 보면 확인하기 힘들 정도로 거멓다.

"습격자들 중 한 명에게 맞고, 이렇게 변했습니다. 도장주님을 비롯해 청해에 있는 고수들을 불러 물어봤지만, 죽은 뒤 이렇게 변하게 만드는 무공을 들어본 적 없다고 하는군요. 혹시 알고 계십니까?"

"흑살장(黑殺掌)이 틀림없구려."

선웅이 아니라, 그 뒤에 따라온 조사대의 인솔자 한 명이 의견을 꺼냈다.

그러자 모두의 시선이 그에게로 옮겼다.

"과연 제갈한풍(諸葛寒楓)이시구려. 괜찮다면 설명해 주실 수 있겠소?"

인솔자 중 한 명, 유난히 무인과 먼 인물이 있었다.

호북에서 무당파와 함께 제갈세가 무사들을 이끌고 온 중년 남성, 제갈세가 가주의 동생인 제갈한풍이었다.

"마공 중 하나요. 두 달 이상 썩어 문드러진 시체에 손을 담그고 연공해야하는 사악한 무공이지."

지독한 연공법에 대다수 사람들이 얼굴을 일그러뜨렸다.

"흑살장을 연공한 자는 흑사진기라는 특유의 내공을 갖고 있는데, 그 기운에 내상을 입은 자는 모두 하나같이 피부가 검게 변색되고 얼마 지나지 않아 그 독한 기운에 죽게 되오."

"마공이라 하면……."

우문독패가 딱딱하게 굳은 얼굴로 말꼬리를 흐렸다.

"모두가 생각하는 곳이오. 습격한 놈들은 마교가 틀림없소."

* * *

"동생!"

"누니……아니, 도연홍 소저."

예전에 무당파에서 사저에게 다른 여자들에게 누님이라고 부르면 안 된다는 것을 떠올린 진양이 얼른 호칭을 고치고 반가운 표정을 지었다.

'역시 만나게 될 줄 알았어.'

청해에 간다고 해서 제일 먼저 떠올린 사람은 단연 도연홍이었다. 일단 별호만 해도 청해제일미니까.

'그리고 여전히 크구나.'

의복을 입었는데도 특유의 부위가 흔들거린다. 슬픈 본능에 따라 그 부분에 시선이 절로 갔다.

"오, 청해제일미 소저가 아니오? 만나서 반갑소."

근처에 있던 모용중광도 구면인 그녀와의 재회에 반가운 듯 웃는 얼굴로 손을 흔들었다.

그러나 도연홍은 그 인사에 대답도 하지 않고, 머리를 갸웃거리곤 진양에게 다가갔다.

"응? 소저? 뭐야, 동생. 꼭 남인 것처럼 섭섭하게 그러기야?"

"아니, 그게……."

"뭘 그거야! 또 소저라고 부르면 죽을 줄 알아!"

괄괄하고 막 나가는 성격답게, 도연홍은 마치 사내아이처럼 씩 하고 웃으면서 진양의 머리를 옆구리에 끼곤 머리칼을 손으로 마구 헤집었다.

"소, 소, 소, 소저!"

말이 꼬여서 끝에 '젓' 이라는 허무맹랑한 소리를 할 뻔할 정도로 놀랐다.

그만큼 머리에서 느껴지는 푹신한 감각에 정신을 차리기가 힘들었다.

남자의 슬픈 본능일까, 아님 어릴 적부터 누군가에게 당한 세뇌 때문인지는 몰라도 얼굴 옆면에서 느껴지는 감각에 하마터면 선계로 우화등선할 것 같다.

"소저라고 하면 죽는다고 했지!"

도연홍의 이마 위로 푸른 혈관이 빠직 하고 툭 튀어나왔다. 그녀는 웃고 있지만 화난 기색을 내보이며 머리를 끌어안은 팔에 힘을 잔뜩 주며 강하게 조였다.

그러나 남자에게 있어서 이러한 고통은 그저 행복의 비명만 부를 뿐이다. 실제로 그는 아파하기는커녕 입이 살짝 벌어지고, 얼굴이 벌게져 있었다.

그 모용중광조차도 살짝 부러운 눈초리를 할 정도로 남자들에겐 나쁜 것 하나 없는 고문이다.

"누, 누님! 미안해요!"

결국 백기를 든 건 진양이었다.

"그래야지."

도연홍이 그제야 만족한 듯 팔을 풀어 주었다.

'조금 아쉽다.'

이대로 소저라고 계속 부르면 행복한 고통 속에 죽지 않을까 싶은 생각이 들었다.

'아니, 이래선 안 돼. 도사가 색을 밝힌다고 남들이 보면 욕할라.'

불순한 마음에 반성하며 진양이 머리를 좌우로 흔들었다. 그리고 일부러 하반신에 힘이 들어간 걸 숨기기 위해서 말을 돌렸다.

"누님, 그동안 어떻게 지내셨어요?"

"무인이 어떻게 지내겠어. 무공 수련하고 비무하고 그

랬지. 네 소식은 들었어. 북경에서 금위사범을 했다며? 네 누님으로서 자랑스럽단다."

"그 얘기는 나중에 해드릴게요. 안 그래도 청해까지 오는데 그 얘기만 했거든요."

진양이 조금 질린 듯이 어색하게 웃었다.

"알만하네. 그나저나, 넌 조사대의 일 때문에 온 거지?"

"네."

"나도 조사대에 참여하니까 같이 임무를 수행할 수 있겠네. 잘 부탁해."

"누님도요?"

"응. 공 세우기 딱 좋은 기회잖아."

도연홍은 청해 사람이니, 무림맹 지부에 남아서 다른 일을 할 줄 알았다. 주로 치안 유지나, 혹은 청해 지부의 수비진에 남아서 경비를 설 줄 알았다.

나중에 물어보니 아주 안 하는 것은 아니라 한다. 아버지인 일도양단이나 그 형제들이 대신 내부적인 일을 도맡아 하고, 도가장의 외부 대표로서 도연홍이 움직이기로 했다. 도가장 역시 이번처럼 공을 세우기 좋은 기회를 놓치고 싶지 않았다.

"혹시 팽가가 온 건 아니지?"

도연홍은 눈을 게슴츠레 뜨고, 조사대 인원들을 훑어보

면서 물었다. 눈에서 묘한 경계심이 돋보였다.

도가장과 하북팽가의 사이를 잘 알고 있는 진양이 쓰게 웃으면서 머리를 좌우로 흔들며 그녀를 진정시켰다.

"단 한 명도 오지 않았으니 그렇게 적대심 갖지 마세요. 그리고 설사 온다고 해도 같은 무림맹 소속인데, 좀 친하게 지내면 어때요?"

"이 녀석 말하는 거 봐라! 넌 누님 편이니, 아니면 하북팽가 편이니? 설마 하북팽가의 계집들에게 넘어간 건 아니겠지?"

도연홍이 펄쩍 뛰며 그의 멱살을 낚아채고 추궁하는 듯 마구 흔들었다.

그게 꼭 바람난 남편을 의심하는 마누라 같은 모양새였다.

"골 흔들려요, 누님. 그런 거 아니니까 진정하세요."

"그럼 다행이지만……어? 뭐야, 중광이네. 오랜만이다."

겨우겨우 진정한 도연홍은 그제야 모용중광이 눈에 들어왔는지, 진양을 반기던 모습과 다르게 시큰둥한 눈초리로 모용중광에게 손을 흔들어 인사했다.

"누님, 너무하십니다."

섭섭할 정도로의 반응에 모용중광이 쓰게 웃었다.

"너보다 양 동생이랑 더 친하니까 별수 없잖아. 너무 섭섭하게 생각하지 말렴."

캬핫핫, 하고 독특하게 웃는 도연홍이었다.

'게다가 양이랑 얼른 친해져서 함께 아버지를 설득해야 하니까.'

청해 사태가 터지기 전, 도가장에 있으면 아버지 도기철이 하루가 멀다 하고 찾아와 시집은 언제 가냐고 잔소리를 해 댔다.

그 소리를 듣기 싫어서 아버지를 피하고 다녔는데, 무슨 짓을 했는지 이후에 두 명의 남동생과 더불어 도가장의 무사들까지 자시만 보면 얼른 결혼하라고 부추겼다.

그러던 어느 날, 우연찮게 금위사범이 된 진양에 대한 소문을 듣고 아버지에게 이야기했다.

이에 도기철은 환한 얼굴로 그를 데려오고 잘 구슬리기만 한다면, 신부 수업과 잔소리는 모두 빼주겠다고 했다.

그리고 마음 놓고 무공 수련도 하라는 말에, 솔깃한 도연홍은 진양을 꼬시기로 마음먹었다.

그렇다고 진짜로 그를 남자로 보는 건 아니었다.

용봉비무대회 때처럼 의동생으로 둘 뿐, 이성 관계는 전혀 아니었다. 아무리 목숨을 구해 주었다고 해도, 도연홍이란 인간은 그렇게 쉽게 누군가에게 마음을 뺏기지 않는다.

애초에 연애에 쥐뿔도 관심도 없었던 그녀가 그렇게 쉽

게 사랑에 빠지는 건 말이 되지 않는다.

그래서 미리 친해져서, 아버지의 잔소리를 피하기 위해서 조금 협력해 달라고 부탁할 생각밖에 없었다.

"자아, 오랜만에 만났으니 이 누님이랑 술이나 한 잔 마시러 갈까?"

"대낮에 도사보고 술을 먹자고 하자니, 제정신이야?"

도연홍이 열심히 악마의 혀를 굴리며 속삭이고 있을 때, 후방에서 잔뜩 성난 목소리가 청각을 파고들었다.

장본인을 포함한 도연홍과 모용중광이 몸을 등 뒤로 돌렸다.

그곳엔 소매를 걷고 씩씩 거리고 있는 진소가 있었다.

그녀는 이쪽으로 성큼성큼 걸어와서, 진양의 팔을 낚아채서 자기 쪽으로 끌어들이곤 도연홍에게 목소리를 높여 빽 질렀다.

"여전히 사내놈인지 아닌지 헷갈리는구나, 선머슴!"

"선, 머, 슴?"

도연홍은 한 글자 한 글자 끊으며 눈을 번뜩였다.

청해제일미의 또 다른 별호는 선머슴이다. 미모는 대단하지만, 행동이 선머슴 같아 붙은 이름이었다.

그리고 그 장본인인 도연홍은 그 별호를 아주 싫어한다.

"잠깐, 누군가 했는데 발육부진이잖아?"

도연홍이 이죽거리면서 아는 체를 했다.

"뭐, 뭣? 누구보고 발육부진이래!"

누가 봐도 악의로 가득한 별호에 진소가 난리를 쳤다.

"시간이 흘러도 네 머리는 전혀 성장하지 않는구나, 천방지축 말괄량이야."

도연홍이 계속해서 결정타를 날렸다.

이에 진소가 으득, 하고 이를 갈았다.

진소는 겉으로 보기에 딱히 발육부진 정도는 아니다.

애초에 무당파에서 기재로 알려진 그녀다. 여성 치고 기재 소리를 듣는다는 건, 육체적으로도 무골에 알맞다는 뜻. 이 시대의 일반적인 여성에 비해 그래도 큰 편이다.

물론 그렇다고 해도 진연이나 도연홍처럼 터무니없이 큰 편은 아니었지만, 어쨌거나 결코 작은 편이 아니었다.

즉, 그런 그녀를 보고 발육부진이라는 건 육체적인 것이 아니라 정신적인 측면을 말했다. 그것이 모욕이 더 컸다.

"뭐, 뭐라고? 누구보고 말괄량이래, 이 성격 파탄자야! 살밖에 없는 년이!"

"흥, 가슴이 없으니까 추한 질투만 하는구나? 솔직히 부럽다고 말하시지그래?"

"이이익!"

두 여자가 당장이라도 머리를 쥐어 잡고 싸울 기세로 말

다툼을 하기 시작했다.

왠지 모르게 그 사이에서 소외된 진양은 은근슬쩍 빠져나와 근처에 있던 진하에게 물었다.

"사저, 저 두 사람 아는 사이예요?"

"그게……."

진하가 쓴웃음을 흘리며 얘기해 주었다.

용봉비무대회 이후, 그가 북경에 떠난 동안 무룡관 식구도 무당파에서만 박혀 있던 건 아니었다.

삼대제자의 경우 주 전력인 연유로 활동이 조금 제한적이었고, 그들을 대신하여 사대제자들이 주로 강호에 나가 중원 무림의 상태에 대해서 정보를 수집하거나 혹은 산적의 토벌 등의 임무를 대신하기도 했다.

그러다 보니 어쩌다가 쌍둥이는 청해 근처인 사천 땅에 가게 됐고, 그녀들과 같은 이유로 사천에 오게 된 도연홍과 우연찮게 만나게 된다.

용봉비무대회 때 사제에게 그녀와의 만남에 대해서 듣긴 하지만, 아주 간략한 정도였다. 자세히 들어본 적은 없었다.

그래도 사제와 좋은 연을 맺었다고 하니, 진소는 진하와 함께 그녀에게 인사했다.

그때까진 별다른 문제는 없었다. 진양의 사저들이라는

말을 들은 도연홍은 그녀들에게 호의적으로 다가가, 대화를 했다. 그렇지 않아도 여무인은 몇 없었기에 대화상대가 없었던 참이었다.

하지만 문제는 대화를 한 이후였다. 어쩌다 보니 진양의 이야기가 나왔고, 도연홍은 그를 거론하며 '우리는 둘도 없는 의형제다. 어떤 연보다도 탄탄하다!' 하며 은근슬쩍 과장하여 말하게 됐다.

이를 들은 진소는 울컥하여, '흥! 내가 더 친하거든?' 라는 방식으로 반격했고, 이후 말싸움으로 변질되어 이렇게 서로 보면 으르렁거리는 사이가 됐다.

"잠깐, 진하 사저는 왜 두 사람을 말리지 않은 거예요?"

자초지종을 들은 그는 어릴 적부터 침착하고, 이성적이며 쓸데없는 소란을 싫어하는 진하가 왜 가만히 있었는지가 제일 먼저 의문이 들었다

또한, 특히 그녀는 이런 유치한 것을 좋아하지 않는 편이다. 그래서 항상 진소의 옆을 따라다니며 쌍둥이 동생을 챙겨주며 소란이 일어나지 않게 말리는 편이다.

"무슨 이유일 것 같아?"

그녀는 답지 않게 짓궂은 웃음을 입에 걸고 물었다.

"진하 사저도 참……."

진양은 못 말리겠다는 얼굴로 이마를 짚었다.

한숨이 절로 나온다.

하기야, 그녀들은 쌍둥이. 아무리 성격이 반대라고 해도 이 세상 누구보다도 더 닮은 점이 많은 자매다.

괜히 이합쌍검(二合雙劍)이라는 별호가 붙은 것이 아니라는 것을, 진양은 뒤늦게 깨달았다.

第七章

북사호법(北死護法)

단서가 모였다.

첫 번째는 마교의 흑살장이다.

과거와 현재의 상황을 알리는 단서, 그리고 습격자가 누구인지 알 수 있는 단서이기도 하다.

그 뒤로 두 번째 단서도 모였다. 단서의 출처는 타지역에 비해 적은 숫자의 개방 방도였다.

"반가워요. 청해의 분타주인 연미(聯未)라고 해요."

허리에 세 개의 매듭이 있는 걸 보면 분타주가 확실했다. 다만 이름에 맞게, 성별이 여성이라는 것이 의외였다.

외관은 약 사십 대 후반 정도 될 듯싶었다. 묘령의 나이를 훨씬 넘은 중년 여성으로 딱히 미색이 뛰어나거나 하지는 않았다. 그저 평범한 여성이었다.

허나 크게 의아해할 정도는 아니었다.

확실히 개방이 다른 구파일방에 비하여 특성상 숫자가 적긴 했으나, 아주 없는 건 아니었다.

방주까지는 아니지만, 매듭이 일곱 개인 장로 직에 있던 적도 있었다.

"습격을 받은 이후, 저희 개방도는 일찌감치 인력을 모두 써서 청해성 전체에 정보망을 깔아 두었어요. 습격자인지 아닌지는 확신할 수 없으나 며칠 전, 수상한 무리들이 어떤 장소에 넘나들었다는 정보를 얻었습니다."

"수상한 무리라 하면?"

제갈한풍이 물었다.

"흑의무복 차림에, 짙은 혈향을 풍기는 자들이라 하네요. 허리춤에 병장기를 지니고 있는 걸 목격했다는데, 무림인이 분명하나 어떤 단체인지 파악이 불가능합니다."

"흠, 확실히 뒤가 구리군! 마교도가 틀림없을 거요."

도기철이 확신에 가득 찬 어조로 말했다.

"그 어떤 장소가 어디요?"

선응이 물었다.

"이곳 서녕 땅에서 남쪽으로 삼 일을 걸으면 황중이라는 이름의 협곡이 나와요. 개방도 대부분을 그곳에 침투시켰는데, 딱히 이렇다 할 움직임은 보이지 않고 있습니다. 나흘 전에 들어간 인원을 제외하곤 출입 또한 없다고 보고가 들어왔어요."

"다만 황중 협곡은 지형이 좁고 험하여, 한 번 들어가면 나오기가 힘듭니다. 많은 인원이 다 들어가기도 힘들고, 만약 거기서 공격을 받는다면 위험합니다."

우문독패가 걱정스러운 목소리로 덧붙여 설명했다. 조사대가 오기 전, 단서를 얻었는데도 협곡에 진입하지 못한 것이 이러한 연유였다.

미리 정찰대 몇몇을 보내긴 했지만, 그들은 무공 수위가 높지가 않아 협곡을 제대로 탐사하기가 힘들었다.

좀 더 진입하라고 명령을 내릴까하고 고민했는데, 마침 그때 조사대가 도착했다.

"함정일 가능성은?"

"팔 할 이상이오."

제갈한풍이 고민하지 않고 곧장 답변했다.

"그러나 갈 수밖에 없지 않소?"

도기철이 혀를 차며 제갈한풍에게 물었다.

"도 장주 말대로요. 몇 없는 단서를 추적할 수밖에 없소. 어쩌면 우리가 고민하는 동안 행방불명된 일차 조사대가 협곡에 갇혀서 식량을 든 우리를 기다리고 있을지도 모르는 일이지."

선응이 도기철의 말에 동의하며 의견을 덧붙였다.

"두 분 말씀대로요. 그냥 갇히기라도 하면 다행이지, 만약 인질로 잡혀서 죽어 가고 있다면 최악이요. 상황이 어떻건 확인하러 갈 수밖에 없지."

이번 조사대의 참모 역할을 하고 있는 제갈한풍도 그 말에 동의하는 바였다.

"협곡에 육백 명 모두가 들어갈 순 없을 테니, 아무래도 인원을 간추려야겠군. 연미 분타주, 들어갈 수 있는 숫자가 몇 정도 되는 거요?"

"그래도 백 명은 들어갈 수 있답니다. 다만, 말했다시피 진입하는 데도 힘드니까 경신법에 일정한 조예는 있어야 합니다."

"어차피 무공 수위가 높은 자들로만 보낼 예정이었으니 상관없소. 그렇다면 백 명은 우리가 준비할 테니, 분타주는 우리와 갈 준비를 해 주시오."

*　　*　　*

조사대 인원이 셋으로 나뉘었다.

삼백 명은 청해 지부에 잔류하여 만약의 상황을 대비 하는 겸, 치안 유지나 청해 지부 복구를 돕기로 했다.

마침 일손이 부족했는지라, 우문독패는 좋아하는 눈치였다.

남은 삼백 명 중에서 이백 명은 협곡 입구 부근에서 퇴로를 막는 겸, 역시 혹시 모를 상황에 대처하기 위해서 남았다.

그리고 마지막 백 명은 분타주, 청해 지부의 정찰대 세 명과 함께 협곡으로 진입하기로 한다.

"빛도 제대로 들어오지 않고, 좋은 분위기는 아니야."

협곡으로 들어선 선웅이 혀를 차면서 주변을 힐끗 둘러봤다.

서녕 근처가 고산지대다 보니, 골짜기를 형성하는 양옆의 산의 수풀도 상당히 컸다.

틈틈이 자리 잡은 키 큰 나무들 때문에 빛이 제대로 들어오지 않아 협곡 안은 상당히 어두웠다.

"불행 중 다행인 것은 그래도 움직이기 아주 힘든 곳은 아니라는 거요."

도기철이 나름 평평한 돌바닥을 발로 툭툭 건드리고 말했다.

협곡의 안내자, 연미나 정찰대의 말대로 진입 부근이 경신법에 나름 조예가 없으면 들어가기가 힘들긴 했으나 들어오자 상황이 나아졌다.

울퉁불퉁한 바위나 돌이 많긴 했으나 양옆으로 치우쳐져 있어 전진하는데 딱히 힘들거나 하지는 않았다.

'그나저나, 연홍이는 잘 하고 있겠지?'

조사대 일 때문에 소문의 금위사범을 찾아가진 않았지만, 그래도 그와 함께 어울리는 도연홍을 아까 봤었다.

딸을 시집보내는 데 환장한 도기철은 나름대로 무당파 속에 어울려 그와 활발하게 대화하는 딸의 모습을 보고 눈치 없이 끼어들고 싶지는 않았다.

'음! 자고로 무림인 남녀는 이런 임무 속에서 서로 등을 맞대고 적의 목을 참수하면서 사랑을 꽃 피우는 법이지.'

무엇인가 잘못된 것 같으나, 도기철도 젊었을 적에 그랬으니 별수 없다.

그는 여태껏 사랑한 여자는 지금의 아내뿐이다.

부모님에게 연애 관련으로 들은 적은 없었고, 아내와는 무림맹에서 척살령이 내려진 마두를 참수하다가 만나서 첫눈에 반하고 그대로 혼례를 올렸다. 그런 인간의 상식이 정상적일 리가 없다.

'이번 일이 끝난다면 사위와 얘기해서 연홍이에게 알맞은 인물인지 확인해 봐야겠어.'

아무리 도연홍을 시집보내고 싶다 해도, 인성이 좋지 못한 놈에게 딸을 주곤 싶지는 않았다.

특히 구파일방 출신의 무림인들은 조심해야 한다.

겉으로 멀쩡해 보여도 속은 그렇지 않은 놈을 여럿 봤었다.

말괄량이에, 나잇값 못하게 개념도 없고 성격파탄자인 딸이라고 해도 하나밖에 없는 딸이다. 그런 딸을 잘못 시집 보내 불행하게 만들고 싶지는 않았다.

그래서 이 일이 끝나면 직접 나서서 대화를 통해 어떤 인물인지 인성을 알아볼 생각이었다.

물론 소문에 의하면 인성이 꽤 좋다고 알려졌지만, 소문은 언제나 과장되는 법. 원래 인간이란 자신의 두 눈과 두 귀로 듣지 못하면 잘 믿지 않는 법이었다.

'헌데…….'

도기철은 예민하게 긴장된 감각으로 주변을 슥 둘렀다.

딸과 사위될 사람의 대화에 아까부터 호기심은 있었지만, 그 관심은 금세 흐려졌다.

황중 협곡으로 들어온 이후로 도기철은 무척 예민해져 있었다. 마음 한구석에 솟아오르는 불안 때문이었다.

"좋지 않아……."

도기철은 무엇이 그리 마음에 안 드는지, 상당히 마땅치 않은 목소리로 나지막이 중얼거렸다.

"도 장주 말에 동감이요."

연미의 바로 뒤, 도기철과 함께 앞장을 서서 이동하던 선응도 주름을 가득 일그러뜨리고 동의했다.

"……무슨 문제라도 있나요?"

제일 앞에 선 연미가 두 사람의 중얼거림을 듣고 물었다.

"너무 평온하오. 이곳에 원래 있던 자들은 분명 불청객인 우리가 온 것을 알 거요. 그런데 반격은커녕, 무슨 움직임 하나 보이지 않고 있지. 그게 너무 이상해."

도기철은 잔뜩 날이 선 경계심을 풀지 않았다. 그는 여전히 황중 협곡 전체를 슥 둘러본 채로 물었다.

"여기에 마교도로 추정되는 놈들이 온 건 맞긴 한 거요?"

"틀림없습니다. 개방도들이 거짓을 말할 이유도 없고, 그 숫자도 여럿이었으니까요."

앞에 가던 연미가 곧장 답했다. 다만, 목소리가 미세하게 떨리고 있어 약간의 불안이 실려 있었다.

'확신하지 못하는 건가?'

그 목소리를 귀신같이 눈치챈 선웅이 생각했다.

"만약 우리가 여기에 오는 것 자체가 함정이라면 곤란한데……."

제갈한풍이 심려 가득한 목소리로 말꼬리를 흐렸다.

만약을 대비하여 청해 지부에 삼백 명이나 되는 조사대 인원을 잔류시켰지만, 그들 대부분은 황중 협곡에 온 이들보다 무위가 낮았다. 삼류 수준은 아니지만 이류도 몇몇 끼어 있었다.

혹시 개방도의 정보는 거짓 정보였고, 원래 목적이 청해 지부가 있는 서녕이라면 대단히 골치 아파진다.

제갈한풍을 비롯하여 조사대의 인솔자들은 그러지를 않기를 속으로 빌었다.

*　　*　　*

“양아, 표정이 좋지 않구나. 무슨 문제라도 있느냐?”

진성이 물었다.

“글쎄요, 왠지 모를 불안감이 있다는 말밖에…….”

사형의 물음에 그는 애매모호한 어조로 답했다.

‘그래, 폭풍 전의 고요함. 딱 그런 느낌이다.’

무슨 변이 터지기 전에 잠깐 동안 일어나는 고요함이랄까. 지금 순간의 기분을 설명하자면 딱 그랬다.

가슴 한구석이 차갑고, 등골에 오한이 든 듯 오싹하다.

정신을 차리고 보니 손은 불끈하고 주먹을 쥐고 있다.

‘좀 더 파헤치면 알 것 같기도 한데…….’

말로 헤아릴 수 없는 이 불안감의 정체가 무엇인지 궁금한 그는 뇌세포를 활발하게 가동시켜 생각에 잠겼다.

온몸에 설치된 기를 느끼는 감각을 활짝 열어 황중 협곡 전체를 느끼듯이 심호흡했다.

'느껴지지 않는다.'

무인들은 대부분 살기에 특히 민감하지만, 자신의 경우에는 다른 것보다 생기(生氣)나 사기(死氣)에 민감했다.

이미 한 번 죽었기 때문일까, 삶과 죽음의 경계를 경험한 그는 어떠한 기운보다 생사기에 특히 유독 민감하게 반응했다.

그리고 지금, 협곡 전체에서 생기가 별로 느껴지지 않는다. 조사대를 제외하곤 다른 구역에서 살아 있음을 알리는 특유의 생기가 거의 미약하다 싶었다.

'아무리 협곡이라곤 해도, 생기가 너무 미약하다.'

생기는 곧 살아 있음을 증명하는 기운.

인간은 물론이고 동물, 식물 등 생명체라면 지니고 있는 원초적인 힘이다. 헌데 그 힘이 전혀 느껴지지 않고 있다.

그래도 협곡을 형성한 외곽 쪽에는 나무나 꽃, 그리고 약초 등이 피어 있는데도 이상하게 그 힘이 적었다.

'이 이상 가서는 안 돼. 느낌이 너무 좋지 않다.'

결국 찝찝한 기분에 진양은 발걸음을 멈추었다.

"왜 그래, 동생?"

도연홍이 물었다.

"왜 그렇긴, 네가 옆에서 자꾸 쫑알쫑알거리니까 우리 양이가 드디어 지친 거잖아. 당장 떨어지는 게 좋을 거야."

진소가 기다렸다는 듯이 도연홍을 비웃었다.

"이 발육미달이 또 유치하게 싸움을 거네?"

입은 웃고 있지만, 눈은 싸늘한 한기만 가득 매운 도연홍이 손가락뼈를 엇갈려 우드득 소리를 냈다.

"두 분 다 이럴 때가 아닙니다. 무언가가 안 좋게 돌아가고 있습니다."

"흥! 겁이라도 먹은 모양이지?"

전방에는 주로 경험이 많은 나이든 노 고수들이 배치되어 있고, 그 뒤로는 나이는 적지만 그래도 무위 순으로 위치해 있다.

그러다 보니 성질은 지랄 같지만 무공이 비교적 뛰어난 편에 속하는 쇄월검자 소추산은 그의 근처에 있었다.

'마음에 안 드는 자식!'

소추산은 비무를 붙기 전에도 그가 하나부터 열까지 마음에 들지 않았지만, 지금은 더더욱 짜증이 났다.

그는 이합쌍검 중 한 명인 진소는 같은 무당파이니 상관없으나, 청해제일미 도연홍이 무척 신경 쓰였다.

물론 소추산이 도연홍의 성격이 어떤지 잘 몰라서 이러고 있지만, 일단 청해에서 제일가는 미녀라는 점만 알고 있어 괜찮다면 접근하여 자기 여자로 만들고 싶었다.

그러나 진양과의 비무로 인해 그 기회가 모두 사라졌다.

도연홍에게 말을 걸려고 해도, 비무의 결과가 이번 조사대 사람들에게 모두 퍼져서 얼굴을 들기도 부끄러울 정도로 치욕스러워 그럴 수가 없었다.

원래 남자는 여자, 특히 미녀의 앞에서 잘 보이고 싶은 법이다. 만약 여자 앞에서 망신살을 보여주면 농담이 아니라 자존심이 크게 상해 목숨을 끊고 싶은 욕구가 생길 정도였다.

무엇보다 더 짜증 나는 건 그 청해에서 제일가는 미녀가 진양과 친하게 지낸다는 것이다. 그걸 보니 열이 안 뻗칠 수가 없었다.

참으로 속이 좁은 사내였다.

"비무에서도 비겁한 수를 쓰더니, 결국 정작 실전에 들어가니 겁을 먹었구나. 구파일방의 무인으로서 부끄럽지도 않느냐?"

"저거, 저거, 또 저런다."

제일 다혈질적인 성격을 가진 진성도 이제 상대할 가치도 못 느낀 듯, 한심하다는 눈으로 소추산을 바라보며 쯧쯧 하고 혀를 찼다.

근처에 있던 다른 무인들이 소추산을 바라보는 시선도 차갑기 그지없었다.

"소추산. 너 따위를 상대할 시간이 없다. 부탁이니 입 다물고 얌전히 있어라."

그렇지 않아도 묘한 불안감에 잔뜩 예민해져 있다.

이런 상황에서 소추산이 시비를 거니 짜증이 솟구쳤다.

아무리 보는 눈이 많다고 해도, 이렇게 성질을 건드린다면 당연히 참지 못한다.

"뭐, 뭐라고? 네 이놈……!"

소추산이 잔뜩 일그러진 얼굴로 언성을 높이려 했다.

하지만, 그 목소리는 누군가의 비명에 의해서 묻혔다.

"끄아아악!"

"……!"

*　　*　　*

도기철은 어느새 허리춤에 빼 든 도 한 자루를 손에 쥐고 험상궂은 얼굴로 소리를 버럭 질렀다.

"이게 대체 무슨 짓이오! 분타주!"

"……한 명이 고작인가."

곤봉에 진기를 주입한 채로, 경계 어린 자세를 취한 연미가 괴로운 얼굴로 중얼거렸다.

"분타주. 제대로 설명하지 않는다면 무사히 넘어갈 수는 없을 거요."

선웅이 사납게 으르릉거렸다.

협곡을 계속해서 걷는 도중, 누군가가 습격했다.

처음엔 마교도인가 했지만, 아니었다. 앞에 멀쩡히 가던 연미가 갑작스레 봉을 꺼내 들고 몸을 돌려서 정확히 제갈한풍의 흉부를 후려쳤다.

문제는 사혈(死穴)을 정확히 공격하여, 아군에게 공격을 받은 제갈한풍이 일격에 죽어 버린 것이다.

"그래도 조사대의 두뇌를 쳤으니 다행이로구나."

연미는 쓰게 웃으면서 곤봉은 오른손으로 쥐고, 왼손은 하늘 높이 들었다.

그녀가 무언가의 행동을 한 것을 본 조사대의 선두는 모조리 병장기를 꺼내 쥐고 투기를 내뿜었다.

"모두 전투 준비! 습격에 대비해라!"

선웅이 재빠르게 반응하여 명령을 내렸다.

내기를 힘껏 담은 덕분인지 그 목소리는 컸고, 협곡 전체를 울렸다. 덕분에 뒤에 따라오던 이들도 모두 병장기를 꺼내 전투 준비를 마쳤다.

"분타주. 다시 한 번 경고하겠소. 제대로 설명하시오."

선웅이 으드득하고 이를 갈며 연미를 쏘아봤다.

"설명이라고 할 것까지 있나, 보이는 그대로 네놈들이 멍청하게 뒤통수를 맞은 것뿐이지."

답을 한 것은 선미가 아니라, 그녀 뒤에서 스르륵하고 나타난 한 노인이었다.

움푹 들어간 눈매, 퀭한 눈초리, 꼽추처럼 굽은 등 하며 왜소하고 음울한 느낌이 묻어나는 노인이다. 또한 옷차림은 누더기인지, 옷인지 헷갈리는 차림을 하고 있었다.

"네놈은 누구냐?"

도기철이 물었다.

"클클클! 재미없을 정도로 뻔한 질문이로군. 하지만 딱히 정체를 속일 생각이 없으니 대답은 해 줄 테니, 그 썩은 귀를 씻고 잘 듣거라. 노부의 이름은 복인흥(伏人興)이다."

"북사호법(北死護法)!"

도기철이나 선응을 비롯하여, 나름 나이가 많은 강호의 선배들이 경악 어린 얼굴로 소리를 질렀다.

아니, 그들뿐만 아니라 복인흥의 이름을 들은 순간 대부분 무림인들은 놀람을 감출 수가 없었다.

마교의 지배자이자 강자는 교주, 천마다. 그 아래에는 부교주가 있고 그 아래에는 네 명의 호법이 있는데, 그 호법 중 한 명의 이름이 바로 복인흥이다.

마교의 거물이 당당히 모습을 보인 것이다.

"복인흥이라면……."

선응이 특히 치를 떠는 목소리로 중얼거렸다.

"무당의 말코 도사, 네놈이 생각하는 대로야."

복인흥이 씨익 웃으며 품 안에서 무언가를 꺼냈다. 피처럼 붉은 비단을 두른 무령(巫鈴)이었는데, 방울의 숫자는 정확히 네 개였다.

"막아!"

무언가를 짐작한 선웅이 급히 말했다.

그러나 복인흥의 행동은 그 말보다 더 빨랐다.

복인흥이 음울한 웃음을 흘리며 방울을 흔들자, 방울이 서로 부딪치면서 딸랑딸랑 거리는 소리를 냈다.

이윽고 얼마 지나지 않아 계곡 사이로 약 오십여 개의 그림자가 나타났다.

그 형태는 인간의 것이었으나, 결코 인간이 아니었다.

하얀 걸 넘어, 창백하게 질린 피부.

시커먼 동공은 빛을 잃어 감정을 볼 수 없다.

하지만 더더욱 섬뜩한 건 그들에게서 단 하나의 기운도 찾아볼 수 없다는 점이었다.

아니, 단순히 기운이라는 수준이 아니라 생명이라면 가져야 할 생기가 하나도 느껴지지 않았다.

죽은 자들에게만 나오는 사기(死氣) 뿐이었다.

"강……시……!"

선웅은 그들의 정체를 읊으며, 얼굴을 일그러뜨렸다.

第八章

여개모성(女丐母性)

'그렇구나. 생기가 없던 것은 저들의 사기에 먹혔기 때문인가?'

조사대를 뼁 둘러싼 오십 구의 강시들을 보고 진양이 생각했다.

이곳까지 오면서 생기가 너무 미약하다 싶었는데, 상반되는 기운인 사기 때문에 생기가 자연스레 먹혀 든 것 때문이라고 짐작할 수 있었다.

'그보다, 강시라. 설마 이 두 눈으로 직접 볼 줄은 몰랐구나.'

강시라면 중국 전설에 나오는 요괴 혹은 귀신 부류다.

보통 머리에 부적을 붙이고, 양팔을 앞으로 내밀고 콩콩 뛰어 다니는 것이 강시의 특징이라고 생각하기 마련인데 눈앞에 보이는 강시들은 지구에서 전해져오는 전설과는 달랐다.

피부가 창백하고, 눈에 생기가 없는 것을 빼곤 여타 인간들과 별로 다른 점이 없다. 딱히 살이 썩지도 않았으며, 손톱이 이상할 정도로 길고 이빨이 상어 이빨마냥 사납지도 않다. 또한 이마에도 부적 같은 건 없었다.

서 있는 자세도 어색하지 않았고, 일반 무림인이 공격 태세를 잡는 것처럼 자연스럽다.

얼굴빛이 병자처럼 창백한 인간이라고 말해도 믿을 정도였다.

"교내에서도 백 구밖에 없는 특별한 철피강시(鐵皮僵屍)다. 삼류나 이류 무인들이 아니라, 절정이나 초절정의 무인들의 시체를 이용했지. 오늘을 위해서 무려 오십 구를 데려왔다. 영광으로 알아라."

복인홍이 허리를 두들기면서 눈을 초승달마냥 휘어 기분 나쁘게 웃었다.

"철피강시……."

그 말을 듣고 진양이 신음을 흘렸다.

"양 소협. 저 기분 나쁜 강시에 대해 좀 알고 있는 눈치인데, 설명해 줄 수 있겠소?"

근처에 있던 모용중광이 진양의 중얼거림을 듣고 물었다.

“이름에도 알 수 있다시피, 말 그대로 피부가 철처럼 단단한 강시입니다. 진기를 주입하지 않는 이상 상처를 주기가 힘듭니다. 일반적인 강시와는 다른 놈이죠.”

생명의 불꽃이 꺼지고, 죽은 사람의 육체를 이용해서 만드는 강시를 보통 사강시(死僵屍)라 한다.

그리고 그 사강시에서도, 강시의 분류는 제법 많다.

대부분의 사람들이 알고 있는 보통의 강시는, 사실 그렇게까지 위험하지 않다.

원래 사람이 죽으면 사후경직(死後硬直) 때문에 몸이 뻣뻣하게 굳는다.

근육은 물론이고, 혈도나 기맥 등도 닫히고 굳어져 설사 강시가 된다 해도 생전의 무공은커녕 싸우는 것조차 제대로 할 수 없다.

약간의 시독(屍毒)이 성가실 뿐이지, 일반인도 겁먹지 않고 침착하게 대응하면 능히 이길 수 있다.

하지만 이런 강시는 애초에 싸움에 내보내지 않는다. 쓸모가 없어서 그렇다.

대부분 이런 저급 강시를 제조하는 이들은 강시대법을 이제 막 배우는 이들뿐이다.

그리고 그 저급 부류에서 벗어나는 철피강시는 — 삼류

나 이류 무림인들에게도 상당히 위험한 강시이다.

첫째로 진양이 설명했다시피 피부가 철처럼 단단하다.

그것도 단순한 철이 아니라, 몇 번이나 담금질하고 두들긴 제대로 된 철처럼 단단하여 그냥 힘을 다해서 휘두른 병장기에는 생채기 정도 남을 뿐이었다.

제대로 쓰러뜨리려면 진기를 주입하고, 검기나 도기 혹은 권기 등으로 처리할 필요가 있었다.

"게다가 그게 끝이 아닙니다."

"또 있어?"

도연홍이 질린 표정을 지으며 물었다.

"예. 철피강시는 싸우면서 능동적인 대처를 할 수는 없습니다. 하지만 생전에 익힌 무공의 습관이 남아 있어서 어눌하지만 초식을 발휘할 수 있습니다."

"최악이군."

모용중광의 표정이 딱딱하게 굳었다.

몸이 철처럼 단단하여, 진기를 주입하지 않으면 쓰러뜨리는 것조차 불가능한 시체가 생전의 무공까지 쓸 수 있다니.

게다가 복인홍의 말대로라면 눈앞의 철피강시는 최소 절정급의 무인들의 시체가 소재로 사용됐다하니, 곧 절정의 무공을 쓴다는 의미였다. 청천벽력 같은 소식이다.

"그런 말도 안 되는 짓을 할 수 있다고? 정말이야?"

도연홍이 도저히 믿을 수 없다는 얼굴로 되물었다.

그녀 말대로, 솔직히 현실성이 좀 떨어지는 이야기였다.

아무리 강시의 출현이 별로 없었다고 하여도, 죽은 자가 살아난 것도 놀라운데 생전의 무공을 그대로 재현한다는 것은 상식적으로 이해가 안 가고 믿기도 힘들었다.

"애초에 죽은 자가 혼자서 움직이는 것도 이상한 이야기입니다, 누님. 마교는 그런 자들입니다. 하늘의 법칙을 벗어나고, 이 세상의 상식을 뒤틀어 말도 안 되는 짓을 하지요."

괜히 마공(魔功)이나 사술(邪術)이라고 불리는 게 아니다. 기본적인 상식에서 벗어난 방법을 구사하기에, 사람들에게 두려움을 받고 제재를 받는다.

"호오! 과연 무당이야. 강시에 대해서 아주 잘 알고 있군 그래."

철피강시들 틈 사이로 비호를 받고 있던 복인흥이 무당파 제자들의 목소리를 듣고 순수하게 감탄했다.

그 말대로 무당파 제자들은 다른 정파인에 비해서 강시에 대해 자세히 알고 있었다.

아니, 무당뿐만 아니라 도가계열 문파라면 강시에 대해서는 비교적 잘 알고 있었다. 도학에는 귀신을 내쫓는 등의 도가술법이 존재하기 때문이었다.

세월이 흐르면서 무공이 발전하고, 도가술법은 그 영향

이 떨어져 배우는 사람이 비교적 적어지긴 했지만 그래도 마교의 강시대법이 남아 있기 때문에 사장되지 않고 기본적 소양으로 전해져오고 있었다.

"연미 분타주, 배신한 이유가 대체 뭐요?"

선응이 연미에게서 시선을 떨어뜨리지 못하고 물었다.

"뭐긴 뭐겠소! 원래부터 마교의 앞잡이였다는 거지!"

도기철이 눈을 붉게 뜨고 소리를 버럭 질렀다.

"흘흘흘. 그 장골(壯骨)과 목소리만 무식하게 큰 걸 보니, 도가장의 인물이 틀림없구나. 혹시 네놈이 도가장의 장주 일도양단 도기철이냐?"

복인흥이 도기철을 보고 물었다.

"그렇다! 내가 일도양단 도기철이다!"

도기철이 부웅하고 도를 크게 휘두르고 자신만만하게 자기소개를 했다.

"예전부터 우리 마교와 도가장과의 악연은 깊었지."

복인흥이 누런 이를 드러내며 기분 나쁘게 웃었다.

하지만 눈은 결코 웃고 있지 않았다. 마치 당장이라도 달려들 듯이, 투의(鬪意)를 품고 있었다.

그 말대로 예로부터 도가장은 다른 정파와 달리 마교와 특히 사이가 나쁜 곳 중 하나였다.

알다시피 마교의 본산은 청해 바로 옆, 신강에 있다. 마교가 중원 무림을 침공하려면 신강을 지나 청해 땅을 우선적으로 정복해야 했다.

청해의 정파 세력으로 으뜸인 곳은 곤륜파와 도가장.

당연히 그 둘과는 역사적으로 안 싸울 수가 없었고, 그 기간 또한 상당히 오래됐다.

도가장의 혈족에게 목이 베인 마교도의 숫자는 상당하며, 반대로 마교도의 목에 베인 도가장의 혈족도 상당하다. 그야말로 앙숙이었다.

"도 장주. 마음은 이해하나 조금 조용해 주셨으면 하오. 일단 연미 분타주가 어떤 상황에 놓여 있는지 알고 싶소."

선웅이 오른팔을 펼쳐 도기철을 가로막고, 눈을 연미에게 떨어뜨리지 않은 채 말했다.

'신경이 쓰인다.'

선웅은 복인흥의 바로 옆, 이를 꽉 악물고 지금이라도 울 것 같은 연미의 표정이 아까부터 신경 쓰였다. 무언가 사연이 있는 것 같은 얼굴이다.

"……."

그러나 연미는 머리만 떨굴 뿐, 아무런 대답도 하지 않았다. 그러곤 머리를 옆으로 돌려 북사호법 복인흥에게 확인하듯이 물었다.

"여기까지 했으니 충분하지 않나요?"

"좋다. 널 마교도로 정식으로 받아들이고, 네놈 아들 역시 마교의 비호 아래 살게 해 주겠다. 교주께선 아량이 넓으시지. 적잖은 금은보화 또한 내주마."

복인흥이 머리를 주억거렸다.

"저런 천인공노할 년!"

도기철이 화를 참지 못하고 분노에 가득 찬 목소리로 사자후를 내뱉듯이 소리를 질렀다.

"맹을 배신한 것도 모자라서, 마교도로 들어가는 조건으로 정파를 팔다니!"

도기철만큼 마도(魔道)를 경멸하는 진성이 외쳤다.

"……이상하군요. 개방에 입단하려면 모든 재산을 처분해야 한다는 법칙이 있습니다."

상황이 돌아가는 걸 보고 진양이 말을 꺼냈다.

"개방도라는 것은 완벽한 거지가 되는 것이 아닙니까? 보아하니 거지로 산 지 십 년은 족히 넘은 듯한데…… 어째서 이제 와 재물을 손에 넣으려고 한 것입니까?"

그의 말대로, 개방도가 되는 것은 재산을 하나도 소유하지 못하는 거지가 된다는 것이다.

구걸을 하거나, 혹은 그에 합당하는 정보를 말해 주거나 혹은 협의를 실천하여 끼니를 해결한다.

그게 개방의 법칙이다.

그렇다면 연미는 애초에 그걸 각오하고 개방도가 됐다는 것이다. 만약 그걸 버틸 자신이 없었더라면, 분타주까지 올라가지도 못했을 것이다.

애초에 분타주가 되려면 무공도 무공이지만, 경험과 신뢰를 쌓아야 한다는 것인데 그 정도의 노력을 한 이가 이제 와서 모든 걸 내려놓고 마교에 입교하는 것 자체가 이해가 가지 않았다.

"그렇다면 애초에 마교의 첩자였소?"

진양의 말을 듣고 선응이 질문을 던졌다.

"그런 것이 아닙니다."

"그런 게 아니에요."

두 남녀의 목소리가 동시에 울려 퍼졌다.

좌중의 시선이 한쪽으로 쏠렸다.

발언을 한 것은 도연홍과, 모용중광이었다.

사람들의 눈에 이채가 서렸다.

"다들 명문지파의 제자들이라 기본적인 걸 이해하지 못하고 계시군요."

모용중광이 쓰게 웃으면서 조심스러운 어투로 말했다.

"모용 동생 말대로예요. 중요한 걸 놓치고 있어요. 분타주에게 아들이 있다는 거죠."

모용중광의 의견에 긍정한 도연홍이 말을 덧붙였다.

"아들?"

좌중의 모두가 머리를 갸웃했다.

다만 그중에서 도가장의 사람들이나, 혹은 오대세가 출신들은 그제야 이해가 가는 표정을 짓고 있었다.

이해를 못하는 이들은 대부분 구파일방 등 명문지파 출신들이었다.

"크……."

연미가 낮게 신음을 흘리며 몸을 떨었다.

그 표정은 참혹할 정도로 일그러져 있었다.

"모성애……."

진양도 이제 이해한 얼굴로 중얼거렸다.

그러자 주변에서 '아!' 하고 탄성이 흘러나왔다.

"아들을 위해서 신념도, 문파도, 영혼도 판 것이냐? 연미 분타주……!"

도기철이 입술을 질끈 깨물고 부글부글 끓는 목소리로 말했다.

"그래! 당신 말대로야!"

이윽고 연미가 눈물을 뚝뚝 흘리며 소리를 빽 질렀다.

그녀는 자신을 쳐다보는 좌중의 인물들을 모조리 노려보며 손을 과장스럽게 흔들며 말을 이었다.

"나한테는 열 살밖에 되지 않은 아이가 있어! 그 아이를 위해서 이건 어쩔 수 없는 일이라고!"

"저건 대체 뭔 소리를 하는 거야?"

소추산은 도저히 이해를 할 수 없다는 표정으로 물었다.

"나는, 나는……!"

청해 분타주, 연미에게는 아들이 있었다.

물론 그것이 크게 문제가 되는 건 아니다.

개방도는 모두 재산을 처분해야 하지만, 그렇다고 속세와 연을 끊으라는 것은 아니다.

자식이나 친형제, 혹은 부모와 연을 이어가도 상관없었다. 다만 본인만 재산이 없으면 그만이었다.

그리고 그런 연미에게 혈연이라곤 아들 한 명밖에 없었다. 애초에 그녀 자체가 고아출신이었으며, 아들은 젊었을 적 무림맹 무사와 사랑에 빠져서 낳았던 아이다.

남편은 예전에 마두와의 싸움으로 인해 목숨을 잃은 지 오래다.

비록 홀몸이긴 하지만, 그래도 희망을 잃지는 않았다.

당시에 그녀는 분타주에 막 오른 때였다.

아들을 자신처럼 개방도에 입단시키고, 무공을 가르치면 나름대로 먹고 살겠구나 하고 생각했다.

하지만 아들에겐 크나큰 문제가 하나 있었다.

바로 무공을 익히기엔 부적합 체질이라는 것이다.

구음절맥 같이 전설 속에 등장하는 죽을병에 걸린 건 아니다. 평생 뛰지 못하는 다리를 가진 것도 아니었다.

그냥 단순하게 무공에 맞지 않을 뿐이었다.

'안 돼. 그렇다면 이 아이는…….'

물론 무공을 익힐 수 없다고 개방도가 될 수 없는 건 아니다. 비록 무공을 익혀야 오르는 이결 제자는 될 수 없지만, 정보원인 일결 제자가 되어 살 수는 있다.

하지만 그녀는 그 현실이 두렵고 싫었다.

자고로 어머니란, 자신은 굶어도 자기 자식에겐 조금이라도 좋은 밥을 먹이고 따듯한 이불 속에 재우고 싶기 마련이었다.

하지만 그럴 수 없었다.

아들은 자신과 같은 거지다. 거지란 구걸로 먹을 것을 얻어내야 한다. 그 모습을 보고 싶지 않았다.

하루에도 구걸하다가 매타작을 맞고 죽는 아이가 수십이다. 그런 아이 중 하나가 될까 두려웠다.

그런 상황에서 정마대전에 대한 이야기가 들려왔다.

'아들을 죽게 놔둘 수 없어.'

연미는 자신의 위치를 잘 알고 있다.

청해 분타주라는 자리는 평범한 분타주인 동시에 청해의 무림맹 지부장과 비슷한 위치이기도 하다. 정마대전의 최전선인 청해의 정보를 총괄하기 때문이다.

당연히 전쟁이 시작된다면 분명 마교는 자신을 노릴 터. 그렇게 되면 열 살밖에 되지 않았고, 자기 목숨도 지킬 방법을 모르는 아들의 목숨도 위험하다.

얼마 지나지 않으면 청해는 피와 살로 가득한 폭풍우가 분다. 그녀의 고민은 깊어져만 갔다.

그러던 어느 날 연미에게 누군가가 찾아와 제안을 했다.

"곧 시작될 정마대전을 위해 본교를 도와라. 그렇다면 적절한 보상을 약조하지. 네년과 아들이 본교에 입교하는 것 또한 허가하겠다."

고민은 길지 않았다. 아들의 배를 배부르게 할 수 있고, 구걸을 하라는 말도 안 해도 되고, 따듯한 옷을 입힐 수 있다. 지속적으로 아들을 지켜 주고 먹여줄 수 있었다.

"확실히 개방에는 그런 법칙이 있지만, 아들을 개방도로 받아들이지 않고 재산을 모으는 족족 아들에게 건네는 방법도 있지 않은가?"

이야기를 들은 도기철이 물었다.

그는 아까와 사뭇 다른 분위기였다.

"집을 짓고, 하인을 두고, 아들을 돌볼 재력을 모으기엔 부족해요. 분타주라는 지위는 그저 한 지역에서 무림맹 소속으로 일하여 끼니나 잠자리, 술 정도를 해결할 뿐이에요. 전 거지라구요."

연미가 퀭한 눈매로 힘없이 웃었다.

"어머니……인가."

아들을 위해서 모든 걸 팔아넘긴 어머니를 보니 자연스레 탄식이 나온다.

동시에, 이 자리에 있는 사람들 중 구파일방 출신의 제자들이 그녀의 행동을 왜 이해하지 못했는지도 알 수 있었다.

'부모의 정.'

구파일방 출신. 특히 속가제자가 아니라 정식으로 입문한 제자들은 대다수가 고아이다. 물론 전부는 아니지만, 고아 출신이 차지하는 비율이 상당하다.

딱히 의도해서 고아 출신의 제자만 뽑은 건 아니었다.

원래 문파의 일원이 되면, 대부분 그 규율에 묶인다.

특히 구파일방 등의 대문파들은 그 규율이 상당히 엄한 편인지라 무시할 수가 없었다.

만약 그걸 크게 무시했다간 파문 제자가 되어, 단전이 폐해질수도 있다. 영원히 문파에서 배운 무공을 쓸 수 없는 건 물론이고 후대에게도 전할 수 없다.

이런 규율이 많다 보니, 대부분 있는 집 자식들은 속가제자라면 모를까, 정식제자로 들어가지는 않는다.

일단 문파에 들어가면 가족이나 가문이 아니라, 들어간 문파의 규율을 우선으로 해야 한다.

물론 그렇다고 혈연을 무시하라는 건 아니다. 다만 조금 순위가 밀릴 뿐이었다.

이렇다보니 구파일방의 높은 항렬의 제자들은 대부분 제자를 받아들일 때 제자의 신분이 고아인 쪽을 선호하는데, 다른 이유가 아니고 귀찮은 일이 벌어지는 경우를 배제하기 위해서였다.

가족 간의 사랑이 나쁘다는 건 아니다.

하지만 그게 과하면 골치 아파진다.

만약 가족들을 챙기느라 문파의 소속감이 옅어지고, 문파를 이용하려고만 한다면 그건 문제다.

물론 그런 사람이 많다는 건 아니지만, 그래도 아주 없는 것은 아니기에 차라리 골치 아픈 일을 예방하기 위해 출신이 별로인 이들을 데려오는 것이 좋다.

신분이 일반 농가일 경우, 거대문파의 제자가 되어 임무를 통해 얻은 보상금을 집에 보내도 충분히 그 식구들을 먹여 살릴 수 있다.

이러한 사정이 있다 보니, 구파일방 같이 거대문파 출신들은 대부분 고아거나 혹은 출신이 좋지 않아, 약간의 돈만으로

도 가족들을 충분히 먹여 살릴 수 있는 이들이 제법 많았다.

보통 고아로 문파에 들어올 때 그 나이는 굉장히 어리다. 아무리 늦어도 일곱 살이나 여덟 살. 열 살이 넘어가면 무공을 배우기가 힘들어지기 때문이었다.

까마득할 정도로 어린 나이에 문파에 입문하기 때문에, 당연히 부모간의 정을 알 리가 없다.

다만 그 부모의 역할은 스승으로 옮겨지고, '가족' 이라는 단체성이 '문파' 로 옮겨진다.

그렇기에 구파일방 출신들은 소속된 문파에 굉장한 상징성과 중요성을 둔다. 혈연도 중요하게 생각하긴 하지만, 소속된 문파 정도는 아니다.

특히 색을 멀리하는 도가 계열은 더 그렇다.

혼인을 못 하는 것은 아니지만, 혼인을 할 경우 문파 내에서 상승 무공에 대해 제재를 당하고 높은 지위도 얻지 못한다. 이러한 특성 때문에 도가 계열 문파는 대부분 혼인을 잘 안하는 편이고, 혈연에 대한 사랑도 잘 모르는 편이었다.

그렇기에 그들은 연미의 행동을 이해하지 못했다.

아들이 중요하다고 해도, 평생을 함께해 오고 스승이자 모든 것인 문파를 배신한다는 행위를 한 것에 분노하고 경멸했다.

하지만 도연홍이나 모용중광처럼 문파가 아니라 피로 이

어진 무가(武家)의 경우는 좀 다르다.

그들은 무공도 강호의 관계도 모두 혈연으로부터 시작하고 혈연으로 끝나기도 한다. 특히 오대세가 같은 경우는 그 점이 깊은 편이었다.

이렇다보니 모두가 이해하지 못하고 있을 때, 그들은 연미가 왜 그러한 것인지 단번에 이해한 것이었다.

'…….'

그래도 진양은 다른 구파일방 출신 제자들과 비교해서 연미의 행동에 대해 좀 더 빨리 이해할 수 있었다.

그가 전생, 현대의 지구에서 가족들과 산 기억이 고스란히 남아 있어서 그렇다.

"하지만……그렇다고 당신의 행동이 옳다는 것도 아닙니다."

진양은 괴로운 얼굴로 호소한 연미를 보고 말했다.

"양이의 말대로요. 분타주."

선웅이 차갑게 가라앉은 눈으로 말했다.

"자식에게 아껴주고, 자식에게 더 해 주고 싶은 어미의 마음이 잘못됐다는 건 아니오. 하지만 그대가 개방을 배신하고, 나아가 정파 무림인 우리를 팔아넘긴 건 용서받을 수 없소."

어머니의 사랑이 아무리 위대하다고 해도.

그 마음이 딱할 정도라고 동정받는다 하여도.

이런 짓을 용납받을 수는 없다.

말했다시피 문파는 가족이다.

사부는 아버지이며, 어머니이다.

사형제는 형이며, 동생이며, 오라비이며, 누님이며, 언니이다. 비록 피로 이어져 있지 않지만 피를 나눈 관계만큼 중요하다.

그 신뢰를 버리고, 배반하는 것은 잘못됐다.

"이 노부를 두고 너무 구질구질한 이야기를 하는 건 아닌가?"

연미와 조사대 인원들이 대치하고 있을 무렵, 잊혀진 것 같았던 복인홍이 냉소를 흘렸다.

"네놈들 말이 옳다, 저년의 말이 옳다, 라는 건 싸움이 끝난 후에 정하면 되지 않겠나? 자고로 이긴 자의 말이 진리인 법일세."

마교의 교리 중 첫 번째이자 진리가 '힘만이 정의'라는 말이다. 역사를 짚어 봐도 마교만큼 순수하게 폭력으로 집결된 단체가 없다.

부성애건, 모성애건, 누가 잘못을 했건 안 했건 자시건간에 힘이 있다면 그 모든 걸 손에 넣을 수 있다.

예를 들어 도둑이 어떤 사람의 물건을 훔치고, 그걸 죽였다고 치자.

보통은 도둑에게 절도죄, 살인죄를 따져가며 처벌을 내린다. 그게 상식이다.

하지만 마교에서 그런 상식은 존재하지 않는다.

피해자나 혹은 피해자의 가족들이 호소한다 쳐도, 비웃음만 받을 뿐이었다.

마교에게 힘 있는 자는 모든 걸 손에 넣을 수 있다.

사상이나 언동에 대해 서로 지적하는 등, 언쟁 따위는 불필요하기만 하다.

괜히 마도(魔道)라고 부르는 게 아니다.

잘못되었기에, 천륜을 무시하기에 마도다.

힘만 있으면 모든 행위를 용서받고 합리화할 수 있다.

"여전히 구역질이 나는구나, 마교 놈들……!"

선웅이 이를 뿌득뿌득 갈며 증오스러운 눈동자를 빛냈다.

그는 조사대 중에서도 나이가 제법 많은 편이다.

정마대전만큼은 아니지만, 마교와의 싸움에 참여한 적이 있었다. 젊었을 적부터 질리도록 마두의 목을 베었다.

그러다 보니 마교만큼이나 마교에 대해서 제법 알았다.

선웅에게 있어 마교의 사상은 아무리 아량이 넓은 편에 속하는 무당의 도라고 해도 용서받지 못할 사상이다.

아니, 굳이 무당뿐만 아니라, 정파를 넘어 사파까지 마교의 사상을 이해할 수 없고 용납도 하지 않는다.

"자아, 어디 한번 발버둥 쳐봐라!"

찰랑!

복인흥이 손에 쥔 무령을 크게 휘둘렀다.

네 개의 방울이 서로 부딪치면서, 금속음과 함께 방울 특유의 소리를 냈다. 그 소리는 협곡 전체에 울려 퍼졌다.

그러자 조사대 백여 명을 둘러싸고 있던 철피강시들이 거의 동시에 몸을 날려 습격해 왔다.

*　　*　　*

"조사대는 각각 일행끼리 뭉쳐서 진법을 펼쳐라! 철피강시는 절정 아니면, 초절정의 괴물들! 결코 방심하지 말도록!"

선웅의 명령에 따라 백여 명은 각각 소속끼리 뭉쳤다.

무당파 제자들도 모였다. 다만 진양은 따로 빠졌다.

무당의 진법은 보통 삼재진(三才陣), 오행검진(五行劍陳), 칠성검진(七星劍陳), 구궁검진(九宮劍陳)을 보편적으로 쓴다.

황중 협곡에 진입한 무당파 제자들의 인원은 진양을 포함하여 정확히 스무 명인데, 구궁검진의 아홉 명과 칠성 검진의 일곱 명, 그리고 삼재진 세 명을 포함하면 딱 열아홉 명이 된다.

오행검진을 이용해 다섯 명씩 짝 짓는 전술도 있으나, 오행검진은 이름 그대로 검사(劍士)에게 알맞은 진법이다.

권공과 장법을 배운 진양이 껴들었다간 오행검진의 제대로 된 위력은커녕 진법 형성 자체를 하기가 힘들다.

물론 진양이 태극검법을 대성하긴 했으나, 태극검법은 어디까지나 기초적인 검법. 위력 자체가 낮다보니 차라리 혼자 따로 나와서 싸우는 것이 효율적으로 좋았다.

무룡관의 사형제인 진성, 진하, 진소 이렇게 세 명이 삼재진을 짜고 구궁검진의 중점은 선웅이, 그리고 칠성검진은 넷 다음 가는 무위를 지닌 제자가 맡게 됐다.

"지휘는 문파의 제일가는 항렬이나 배분, 혹은 그에 준하는 사람이 알아서 하도록!"

선웅의 마지막 지휘를 끝으로 마교의 북사호법 복인흥의 철피강시들과 무림맹 조사대가 충돌했다.

"크아아악!"

"무슨……!"

"한낱 죽은 자들이 어찌 이리 공력이 강한가!"

여기저기서 비명이 터졌다.

당연히 무림맹 조사대 측이었다.

그들이 의문을 느끼는 것도 당연했다.

오십 구의 철피강시는 생전에 모두 절정 혹은 초절정에 준하는 실력과 내공을 가지고 있었다.

헌데 강시로 부활하면서 생전의 내공과 더불어서, 사기(死氣)로부터 삼 할에서 사 할, 심하면 오 할의 공력이 더해졌다.

거기에 진기를 주입하지 않으면 상처 하나 나지 않는 몸을 가진 덕분에, 무림맹 조사대가 수적으로 우세하다고 해도 철피강시에게 밀리게 됐다.

"크하하하! 어떠냐? 이 압도적인 힘의 차이를! 마령강시반혼대법(魔靈僵屍返魂大法)에 태어난 강시들에게 나약한 무림맹의 개들은 보잘것없을 뿐이지!"

복인흥이 입을 귀 밑까지 찢어 광소를 터뜨렸다.

외관상으로 등이 굽은 꼽추에, 나이 든 주름, 그리고 작은 체구하며 보잘것없었지만 그가 손에 쥔 무령을 흔들 때마다 무림맹 조사대에게서 비명과 핏줄기가 터져 나왔다.

'전형적인 악당의 대사야.'

피를 튀기며 벌어지는 치열한 격동 속에서 진양은 차갑게 가라앉은 눈동자를 빛냈다.

그의 시선은 흔들리지 않고 그대로 복인흥에게 고정하고 있었다.

'그리고……보통 이런 놈들은 술사를 죽이면 처리되기 마련이지.'

第九章

철피강시(鐵皮僵屍)

많은 강시 부대와 싸울 때 손쉽게 이기는 방법은 굳이 퇴마술법을 알고 있는 도사가 아니어도 알고 있다.

강시는 스스로 생각하지 못한다.

이성이 존재하지 않는다.

그리고 그 이성 부분, 행동을 조종하는 건 당연히 강시를 만든 술사다.

그렇다면 답은 간단하다.

명령을 내리는 술사를 죽이면, 자연히 꼭두각시 인형처럼 술사의 의지에 따르는 강시들도 멈춘다.

즉, 북사호법 복인흥을 처치하면 반드시 승리할 수 있다는 뜻이었다.

'진법을 펼친 조사대가 철피강시들을 막아 주고, 그사이에 따로 움직이는 내가 술사를 죽인다!'

결정을 내리자 행동도 빨랐다.

진양은 제운종을 펼쳐 누구보다 빠르게 싸움에서 멀리 떨어져 있는 복인흥에게 몸을 날려 거리를 좁혔다.

하지만 그 발걸음은 얼마 지나지 않아 멈춰 섰다.

오십 구의 강시 부대 중, 복인흥과 가까이 있던 철피강시 세 구가 뛰쳐나와 그의 앞을 가로막았다.

이 자리에 있는 무림인들 모두 술사인 복인흥을 죽이면 승리를 거머쥘 수 있다는 것은 안다.

하지만 알기만 할 뿐, 실천하기는 어려웠다.

한 사람이 상대하기도 벅찬 철피강시가 철통같은 벽을 만들어 막아 내고 있으니 접근조차 쉽지가 않았다.

'셋. 최대한 빨리 처리한다!'

세 구의 철피강시는 모두 검을 손에 쥐고 있었다.

아무래도 생전에 검법을 구사한 모양이다.

'초식의 흐름을 끊는 단경 같이 복잡한 수법을 사용할 필요는 없어. 능동적인 반격이 결여된 사강시들에게 그런 노력 따위 사치다. 단순하고 무식하게 공력을 쏟아 낸다!'

제일 먼저 근접한 철피강시에게 십단금을 날려 처음부

터 거의 전력에 가까운 힘을 쏟아 냈다.

인간과 인간과의 싸움이라면, 보통은 탐색전부터 시작한다.

미약한 초식을 가볍게 날리며, 상대의 실력을 파악하여 동수를 이룬다면 공수를 교환하고 비장의 일격으로 쓰러뜨린다.

자신보다 고수일 경우는 최대한 조심스럽게 싸운다.

방어나 회피에 집중해서, 어떻게든 약점을 찾아내고 방심하게 만들어 이긴다.

하수일 경우는 방심만 하지 않고, 압도적인 무위로 누르면 그만이다.

그게 진양이 싸우는 방법이다.

하지만 강시에게 그럴 필요는 없다.

오직 본능에만 따르며 몸을 움직이고, 싸우는 데 생각을 하지 않으니 맞서 싸우는 본인도 복잡하게 싸울 필요 없다.

그저 순수한 무력으로 이기면 그만이었다.

"하아압!"

기합과 함께 오른쪽 손바닥이 철피강시의 흉부에 시원스레 명중했다.

'예상대로 피하지 않는다!'

입꼬리가 절로 올라갔다.

북사호법 복인흥은 겉으론 여유로운 모습을 보이고 있지만, 실상은 여유롭지 않을 것이다.

아무리 그가 강시대법만으로 마교의 사대호법 자리를 차지했다 하여도, 단번에 오십 구나 되는 강시를 움직이는 것은 보통 힘든 일이 아닐 것이다.

추측이긴 하지만, 명령 체계는 생각보다 간단할 터.

이동, 공격, 수비 정도지 어찌어찌 공격하라는 등의 명령은 할 수 없을 것이다.

또한 철피강시의 최대 장점은 생전의 습관에 따라 싸운다는 점이다.

술사가 철피강시들이 익힌 무공을 연공하여 자세히 알고 있다면 모를까, 그들의 움직임을 중간에 술사의 입맛대로 움직인다면 전투력이 급감할 테니 무척 비효율적이다.

즉, 간단한 행동반경만 명령하고 싸움 자체는 알아서 하게 만든다.

'복인흥은 아마 피하지 말고 싸우라고 했을 거야. 철피강시는 피부가 단단하니, 굳이 피하면서 싸워라 등의 복잡한 명령 체계는 불필요하니까!'

십단금에 당한 철피강시는 이러한 연유 때문에 그대로 흉부에 공격을 허용하여, 검은 피를 흩뿌리며 뒤로 날아갔다.

'게다가 다시 일어나지도 못해!'

강시의 무서운 점을 몇 개 더 나열한다면, 바로 고통과 공포를 느끼지 못한다는 점이다.

고통을 느끼지 못하니, 망설임이 없다. 도중에 멈추지 않는다. 타격을 입어도 멀쩡히 움직여준다.

공포 또한 없으니, 움직임 하나하나가 동귀어진의 묘리가 섞여 있었다.

내가중수법에 당한다 하여도, 내장이 찢겨지거나 하는 정도는 아무렇지 않다. 내상을 받아 혈맥이나 기맥이 찢어져도 개의치 않는다.

그렇기에 강시를 처리하는 수법은 머리를 자른다거나, 아니면 다리를 베어 기동력을 빼앗는 것이 좋다.

하지만 진양처럼 도가무학을 익힌 사람에게만큼은 강시에게 내상중수법이 먹혀드는 연유가 존재했다.

'태청강기!'

도가심법 중 상승 무공에 속하는 것들은 모두 기본적으로 정화나 퇴마의 성질을 지니고 있다.

덕분에 강시 같은 역천의 존재나, 마도심법을 배운 마교도에게는 상극이어서 다른 심법에 비해 타격을 크게 줄 수 있다.

물론 정화 능력을 조금 극대화했기에, 자연스레 내공의 소비도 제법 있었지만 '내공무적'이라는 별호가 붙어도 부족하지 않은 진양에게 있어선 큰 문제가 아니었다.

"앞으로 둘!"

목소리를 내자마자 전방에서 철피강시 두 구가 합공을 해 온다. 각각 검을 쥐고 매서운 검격을 날렸다.

머리카락이 곤두설 만큼, 그 검격에는 끈적끈적한 사기가 돋보였다.

그는 발을 굴러 좌측으로 몸을 잽싸게 날려 검격을 피해냈다.

'무식하게 정면충돌할 필요는 없지.'

내공이 많지만 아껴서 나쁠 건 없다.

일단 복인흥이 어떤 비장의 수를 숨기고 있을지 모르니, 그걸 대비하는 편이 현명하다고 생각됐다.

'일단 하나를 치우고.'

좌측으로 피한 그는 왼발을 내딛고, 허리에 회전력을 더해 주먹을 내질렀다.

곧은 직선과 함께 주먹의 앞에서 부우웅하는 소리가 나며 바람으로 이뤄진 압력이 쏟아진다.

그가 내지른 권풍(拳風)은 이내 철퇴처럼 변하여 철피강시의 몸뚱이와 충돌했다.

다만 그 힘은 아주 강한 건 아니었는지라, 상처를 주진 못하고 철피강시를 조금 멀리 날리는 수준에 그쳤다.

실수는 아니다. 힘이 부족한 것도 아니었다. 혹시 모를 위기를 배제하기 위해서 거리를 만들고, 남은 하나를 완벽하게 끝내기 위해서다.

일대일 대치 상황이 되자마자, 그는 허벅지에 힘을 잔뜩 주어 근육을 부풀려서 지면을 밀듯이 박차고 몸을 날린다.

코앞에 있는 철피강시도 허수아비처럼 가만히 있지는 않았다.

생전의 무공을 실은 듯, 제법 강맹한 기운을 내뿜으면서 섬뜩한 찌르기를 날린다.

검 끝은 정확히 진양의 목젖을 향하고 있었다.

만약 그가 아무런 생각을 하지 않고 그대로 돌진했다면 그대로 검에 맞아 꼬치가 되었을 것이다.

하지만 진양은 예상했다는 듯이 일직선으로 쭉 가다가 지면을 다시 박차고 스프링처럼 튀어 올라 수직 높이 도약하여 화려하게 공중제비를 돌았다.

철피강시의 눈이 허공으로 도약한 진양으로 향한다.

찌르기를 선사했던 검을 회수하여, 위를 향해 상단으로 올려 베기를 하려했지만 한 수 늦다.

공중에서 화려하게 제비를 돈 그는 그대로 철피강시의 어깨 위에 착지하여 다리로 목덜미를 묶었다.

"한 마리!"

사형 선고나 다름없는 말을 내뱉고, 철피강시의 두개골을 양팔로 끌어안았다.

애정행위가 아니다. 그렇다고 지압 안마도 아니다.

사지를 이용해 머리를 붙잡고 꺾는다.

제법 많은 힘을 실은 덕분인지, 머리가 손쉽게 우드득 돌아갔다. 만약 살아 있다면 일격에 죽었을 공격이었다.

하지만 상대는 산 자가 아닌 강시다. 목이 기형적으로 꺾여 자기 등을 볼 수 있다 해도 별 문제는 없다.

철피강시는 예비 동작 없이 회수하던 검의 방향을 돌려 자신의 목에 원숭이처럼 매달린 진양을 향해 검을 수평으로 휘둘렀다.

"후!"

진양은 날아오는 검에 신경도 쓰지 않고, 철피강시의 몸을 발로 쳐내며 뒤로 공중제비를 돈다.

그가 바닥에 착지하는 동시에 철피강시의 검은 그대로 스스로의 목을 수평으로 베어 몸과 분리시켰다.

뇌를 잃은 철피강시는, 과연 아무리 강시라도 목과 몸이 분리되면 움직일 수 없는지 힘없이 바닥으로 쓰러졌다.

"말이 없으니 조금 재미없구나!"

진양은 조금 농담 삼아서 웃었다.

싸우기에도 바쁠 때, 말을 하는 건 그의 버릇이자 싸움의 방법이기도 하다.

보통 사람과 싸울 때, 혀를 내밀며 말을 건네는 건 상대의 심지를 흐트러지게 하고 틈을 만들게 하는 좋은 수단이다.

이런 방법을 자주 하다 보니, 상대가 누구건 간에 조금 수다스러운 성격이 되는 버릇이 생겼다.

지금의 상대는 말을 할 수 없는 철피강시이기에, 굳이 대화를 할 필요는 없는 걸 알고 있음에도 말이 나왔다.

남들이 본다면 백이면 백 미친놈이라고 말하겠지, 라고 생각한 그는 쓰게 웃으면서 왼발을 축으로 삼아 몸을 휙 하고 돌렸다.

그가 있던 자리에 검이 위에서 아래로 수직으로 떨어졌다.

방금 전의 철피강시와 싸우는 동안, 권풍으로 밀려 나갔던 철피강시가 어느새 다가와 매서운 일격을 날린 것이다.

기감 능력, 특히 상극의 기운인 사기에는 남들보다 더 민감한 편에 속하는 진양은 덕분에 그걸 미리 알아채고 회피해낼 수 있었다.

'그대로, 쳐 낸다!'

회전해서 피한 건, 회피 목적뿐만이 아니다.

반격을 위해서다.

깔끔하게 한 바퀴를 돈 그는 다시 한 번 몸의 회전력을 이용해 돌고, 오른발을 들어 접근해 온 철피강시의 옆구리를 가격했다.

우드득하고 갈비뼈가 박살 나는 느낌이 발끝을 통해 온몸으로 전해져온다.

하지만 갈비뼈를 부쉈는데도 어째 진양의 표정을 좋지 못했다.

'날리지 못했다. 이놈, 내력이 상당해. 초절정이다.'

앞의 두 마리는 절정의 무인을 제조한 철피강시였다.

비록 절정이라 해도, 그 수위는 그다지 높지 않았으며 상극인 태청강기의 힘으로 손쉽게 처리할 수 있었다.

하지만 눈앞의 철피강시는 원래 멀리 날리려고 의도한 공격을 두 다리를 꼿꼿이 세워 버텨냈다. 날아가긴커녕 약간 밀린 정도였다. 즉, 내력이 보통이 아니라는 건데 상극인 힘을 버텼다는 건 초절정의 시체를 이용했다는 의미였다.

쐐애애애액!

대기의 벽을 줄줄이 찢어발기며 무언가가 날아온다.

놀랍게도 검이 아니라 주먹이었다.

검사라고 생각했던 철피강시가, 버틴 상태로 초 근접 거리에는 검이 알맞지 않다고 생각하여 주먹을 날렸다.

"이런 젠……."

생각지도 못한 철피강시의 반응을 본 그는 나지막이 욕설을 내뱉으면서 전력을 다해 제운종을 밟았다.

구름 위를 밟듯이, 여유롭고 부드러운 움직임이다.

다행히 주먹이 아슬아슬하게 뺨을 스치고 지나간다.

다만 그 주먹에 실린 기운이 제법 강해서 그런지, 살짝 스쳤는데도 불구하고 혈선(血線)과 함께 피가 튀었다.

'강하다!'

머릿속에서 새빨간 경고등이 웅웅하고 시끄럽게 울린다. 피부 위에 닭살이 우수수 돋는다. 머리카락이 쭈뼛 하고 솟아 긴장감을 불러냈다.

"그어억!"

벙어리인 줄 알고 있던 철피강시가 처음으로 소리를 냈다.

열이 받은 건지, 아니면 힘을 쏟아 내기위해 기합 삼아 지른 건지는 모른다.

다만 그 쇠처럼 쉰 목소리는 듣기만 해도 짜증이 솟구치고 눈살이 찌푸려졌다.

철피강시가 재차 연계하여 공격을 날린다.

움직임부터가 보통이 아니다. 하나하나 눈으로 좇기 힘든 빠르기에, 소름이 돋아 오싹할 정도로 위력을 날린다.

하나, 둘, 셋……숫자를 세기 귀찮을 정도의 일격이 마치 화살 비처럼 쏟아져 내렸다.

시커먼 기운을 머금은 궤적을 제운종을 밟으며 피해내면서 진양은 침을 꿀꺽 삼키고 눈을 붉혔다.

'죽을지도 모른다.'

솔직히 현재의 상황이 그렇게나 위협적인 건 아니었다.

눈앞의 철피강시가 초절정의 육체로 만들어졌다곤 하지만, 예전에 상대했던 벽력귀수만큼 강하진 않았다.

아무리 생전의 무공을 그대로 쓴다 하여도, 과거의 흔적을 겨우 찾아가며 움직이는 정도다.

즉, 생전만큼 실력을 발휘하진 못한다.

생전보다 나은 것이라곤 단단한 피부와, 강해진 내공, 마지막으로 목이나 사지를 베어야 전투 능력을 상실하는 정도였다.

진기를 주입하지 않으면 생채기를 내기도 힘든 피부나 사기가 더해진 내력 따위는 문제가 되지 않는다.

그뿐이랴, 강시에게는 천적인 도가심법 중에서도 상승에 속하는 태청강기가 있다.

정화 능력이 뛰어난 덕분에 남들보다 배나 되는 위력으로 철피강시를 손쉽게 처리할 수 있었다.

머리로는 이해한다. 무위만 보자면 대단하진 않다.

하지만 그럼에도 불구하고 공포란 감정이 스멀스멀 피어올라 뇌세포를 집어삼켰다.

이지를 빼앗고, 객관적인 사고 능력을 멈추고, 인간 본연의 공포라는 감정만을 폭주시켰다.

'뭐지?'

몸이 파르르 떨려오는 게 느껴졌다.

'무엇을 두려워하고 있지?'

강시가 아니다.

정확히는 거기에서 흘러나오는 죽음의 기운이다.

끼이익!

마치 주마등을 보는 마냥, 과거의 장면이 머릿속을 스쳐 지나갔다.

물론 그런 순간에도 철피강시와의 공수를 교환하는 건 잊지 않았다. 거의 무의식적으로 대결을 이루고 있었다.

다만 그것과는 따로 생각은 다르게 흘러가고 있었다.

과거의 장면이, 그의 첫 번째 삶을 빼앗은 죽는 순간이 눈앞에 펼쳐져서 이 세상을 가득 채우고 있었다.

'아아……그런가, 저 기분 나쁜 기운 때문에 그때 그 순간이 계속해서 반복되고 있어.'

그렇다.

강시는 더 이상 생명이 없는 시체다.

죽었다는 건, 단연히 생기가 존재하지 않는다.

그리고 강시에서 흘러나오는 그 죽음의 기운이 피부를

훑고 지나가, 제여섯 번째 감각인 육감을 넘어 점막을 통해 뇌세포, 근육, 뼈, 내장 등 몸 구석구석까지 흘러 들어와서 과거의 죽음을 재생시키고 있었다.

한 번 죽음을 경험한 그는 남들보다 생에 대한 집착이 강한 편이었다.

다만 그것뿐이다.

전생에서 죽었다는 기억이 남아 딱히 이성이 마비되고, 끔찍한 스트레스에 휩싸일 정도는 아니었다.

그는 일찍이 과거에 '전생은 전생, 현생은 현생이다.'라고 선을 그으며 극복했다.

하지만 철피강시에게서 흘러나오는 지독하고 끈적한 사기는 그 극복한 마음을 괴롭힐 정도로 대단했다.

그게 신경이 쓰였다.

"그아아악!"

철피강시가 재차 괴성을 내지르며 검격을 날렸다.

제법 묵직한 무게가 실린 회심의 일격이었다.

"큭!"

진양은 아뿔싸, 하고 낭패스러운 기색을 내보이면서 급히 몸을 뒤로 젖혔다. 턱을 살짝 스쳐 지나가며 검으로 만든 궤적이 유성처럼 긴 꼬리를 늘어뜨리며 지나갔다.

"쯧!"

딴생각에 잠겼던 진양은 혀를 차면서 등을 그대로 쭉 젖혀서 땅까지 닫게 하는 유연함을 보인다.

양손을 뻗어서 땅을 짚고, 그대로 뒤로 회전하면서 자연스럽게 따라오는 하체를 크게 올려 차 검을 회수하여 다시 공격하려는 철피강시를 걷어찼다.

"그르륵!"

철피강시가 낮게 울음소리를 흘리면서 튕겨져 나갔다.

제자리에서 회전하여 올려 차기를 선사한 그는, 다시 몸을 원위치로 돌려 제운종을 밟아 뒷걸음질 치며 경계의 태세를 잡았다.

'젠……장……!'

충분히 이길 수 있는 상대이거늘, 과거의 기억 때문에 제대로 쓰러뜨릴 수 없게 되자 속으로 욕설이 절로 나왔다.

그는 주먹을 일부러 불끈 쥐고, 정신을 차리려는 듯 스스로의 뺨을 후려쳤다.

얼굴에 짜릿한 고통이 느껴지자 기분이 좀 나아졌다.

진양은 두 눈을 부릅뜨고 정면을 쳐다보며 다시 덤벼들려고 했다.

"무슨……?"

하지만 그러지 못한다.

눈앞에 믿을 수 없는 광경이 벌어졌다.

방금 전까지 얼굴도 모를, 그저 마교의 병기에 불구했던 철피강시의 외관이 눈 깜짝할 사이에 변해 있었다.

성별은 그대로 남자였다.

하지만, 문제는 그게 아니다.

남자의 모습은 자신이 너무나도 잘 아는 모습이었다.

얼룩무늬가 들어간, 현대 특유의 군복.

각모를 깊게 눌러 쓰고, 살짝 인상을 쓰고 있는 표정.

계급장엔 네 개의 검은 줄기가 그어져 있다.

"……하, 그런 거였나."

허탈한 웃음이 흘러나왔다.

第十章

전미개오(轉迷開悟)

"양아, 정신 차리지 않고 뭐하고 있는 거냐!"

진하, 진소와 함께 삼재진을 맞춰가며 철피강시와 정신 없는 싸움을 하던 진성은 저 멀리서 싸우고 있는 막내 사제의 모습에 초조함을 느꼈다.

"사형, 마음은 이해가지만 그럴 때가 아니에요!"

세 명 중에서 가장 냉철한 사고방식을 지니고 있는 진하가 그런 진성을 뜯어 말렸다.

그들 또한 도가심법 중 상승 무공을 익힌 덕분에, 다른 조사대 인원들에 비해서 철피강시를 상대하기에 조금 나은 편이긴 했으나 진양처럼 유리한 것은 아니었다.

그들 또한 무룡관의 기재 중 기재이며, 동시에 어릴 적부터 무당파에서 지원을 받아 내력이 상당한 편에 속하긴 하지만 진양 정도는 아니었다.

그러다 보니 철피강시와 싸우는 도중에 다른 쪽을 신경 쓸 수 있는 상황은 도저히 될 수 없었다.

"맞아요, 사형!"

평소에는 진양의 일이라면 자다가도 벌떡 일어나는 진소조차도 진하의 말에 동의하며 진성을 말렸다.

그만큼 철피강시와의 싸움이 힘들었다.

처음엔 나쁘지 않았다. 그럭저럭 상대할 수 있었다.

하지만 도중에 다른 무당파의 제자들 중에서 사망자나 중상자가 나오고, 그들과 싸우던 철피강시가 이쪽으로 추가되니 상황이 급박해지고 힘들어졌다.

전력을 다해도 부족한 상황에서 삼재진 중 한 축을 담당하고 있는 진성이 실수라도 했다간 목숨이 위험해진다.

'양아.'

그렇다고 막내 사제에 대해서 아주 걱정을 안 하는 것은 아니었다.

아니, 반대로 진성의 마음보다 더하면 더했지, 결코 덜하지는 않았다.

'대체 어떻게 된 거니?'

강시 부대와 충돌한 직후에는 진양을 그다지 걱정하지 않았다.

비록 막내 제자이긴 하나, 무룡관에서 제일가는 신위를 자랑하는 진양이다.

자존심이 상하긴 하지만, 진양이 자신들을 걱정해서 도중에 도우러 온다면 모를까, 그 반대의 상황은 아마 없을 것이라고 생각했다.

하지만 무언가가 이상했다.

철피강시 한 구를 합공으로 죽이고, 약간의 여유가 생기자 가장 먼저 막내 제자가 생각나 시선을 돌렸다.

그런데 무슨 일일까.

그가 땀을 뻘뻘 흘리며, 잔뜩 일그러진 얼굴로 철피강시 한 마리와 힘겹게 싸우는 모습을 볼 수 있었다.

그 모습이 적을 속이는 연기로 보이진 않아서 무척 걱정이 되었다.

마음 같아선 당장 달려가고 싶었다.

하지만 그러기도 전에, 바로 옆에서 싸우고 있던 조사대 인원 중 한 무리가 괴멸하면서 철피강시가 달려들어 그들과 함께 싸우느라 도저히 도움을 줄 수 있는 상황이 아니게 됐다.

"그래! 그 둘의 말이 맞다! 양이를 버린다는 것이 아니야! 냉정하게 생각해라! 그 '금위사범'이 아니더냐? 모두 그를 믿고 싸움에 집중해라!"

선웅도 이합쌍검의 말을 들었는지 구궁검진을 운용하던 도중 목소리를 높여 외쳤다. 마치 무당파 제자들 모두가 들으라는 듯이 말하는 것 같았다.

사실 진양의 이상함은 무룡관 사형제들뿐만 아니라 무당파 사대제자 모두를 동요시켰다.

진양 본인은 잘 모르고 있었으나, 그는 이미 사대제자 중에서도 자랑거리고, 구심점이다.

중심이 무너지면, 무당파라는 천장을 받들던 기둥 또한 약해진다.

그에 대해서 잘 알고 있는 선웅은 다른 사대제자들이 신경을 쓰지 않도록 일부러 이런 말을 한 것이다.

"젠자앙! 이 귀찮은 녀석들이!"

진성의 성난 목소리가 협곡 전체를 크게 울렸다.

* * *

일도양단 도기철은 강시 부대가 습격하자마자, 기다렸다는 듯이 도가장 무사 열 명을 불러들여 도연홍과 합류했다. 그는 딸의 생명을 우선순위로 하였다.

"아버지! 절 보호하실 필요는 없어요!"

도연홍이 도 한 자루를 휘두르며 항의했다.

그 말대로, 도연홍은 한 사람의 무인이다.

그냥저냥 수준의 여인이 아니다. 그저 아름답기만 한, 청해제일미가 아니었다.

자신의 딸은 절정의 무위에 이른 고수였다.

"끙, 나도 알고는 있다만……."

그래도 하나밖에 없는 딸이다.

아무리 도연홍이 강한 걸 알고 있다 하여도, 아비로서 딸을 보호하는 건 본능 같은 것이다.

다행히 얼마 지나지 않아 도연홍의 불만은 쉽게 풀렸다.

불만을 토로할 순간조차 없을 정도로, 상황이 급박하게 변했다. 철피강시가 무지막지한 기운을 내뿜으면서 도가장의 무사 셋을 순식간에 쳐 죽이고 덤벼들어 그걸 막느라 정신이 없었다.

도기철도 상황이 만만치 않은 것을 깨닫고 도연홍을 포함하여 진법을 펼쳐 철피강시들을 상대했다.

"크으윽! 씹어 먹어도 시원치 않을 강시 놈들!"

철피강시와 검격을 교환하자 절로 신음이 튀어나왔다.

도가장 같은 세력의 경우, 당연히 도가심법을 익히지 못했다. 성질은 별것 없이 그저 패도스러운 것뿐이다.

그렇다 보니 무당파 등과 같이 정화의 성질을 이용하여 강시와 상성으로 높을 수가 없었다.

당연히 도가문파에 비해서 밀릴 수밖에 없었다.

'복인흥 네 이놈, 괜히 북사호법의 자리에 있는 게 아니구나!'

마교에 백 구밖에 없는 철피강시는 과연 대단했다.

복인흥이 어째서 강시대법의 일인자인지, 그리고 왜 그렇게 자신만만한지 이해가 갔다.

일도양단 도기철은 초절정의 고수다. 강호에 나가면 상당한 대접을 받는다.

하지만 문제는 그 초절정이 철피강시에도 제법 껴있다는 점이었다. 거기에 사기로 더해진 무식한 공력에 대항하기가 힘들다. 한 구라면 모를까, 세 마리나 모여서 골치가 아프고 싸우기가 힘들었다.

그는 내상을 각오해서라도 진기를 무리하게 끌어 올려야하나 고민했다.

"누님!"

그때였다.

구원의 목소리가 들려왔다.

머리를 돌리니 눈으로 좇기 힘들 정도의 쾌검이 허공에서 날아와 고전하고 있던 철피강시 한 구에게 쏟아져 내렸다. 마치 그게 밤하늘의 유성비 같았다.

빛줄기로 이루어진 그물에 당한 철피강시는, 그대로 검은 피를 흩뿌리면서 뒤로 쓰러졌다. 하지만 곧장 다시 일어나는 걸 보니 천하의 도기철도 질린 기색을 숨길 수 없었다.

"중광아! 역시 동생 하나는 잘 둬야 한다니까!"

도연홍이 어느새 의동생으로 추가된 모용중광의 등장에 환희했다.

그 목소리는 웃음기가 가득했다.

'오호. 요년이 그래도 강호에 나가니 제법 좋은 연을 낚아오는구나. 모용세가의 소가주라면 부족하지 않지.'

모용중광이 일가의 무사들을 이끌고 합류하자 도기철은 눈을 빛내며 좋아했다.

도기철도 모용중광에 대해서 아주 잘 알고 있었다.

오대세가 중 하나인 모용세가, 그리고 그 모용세가를 이끌 차기 가주에 대해서 모른다면 도가장의 장주 자리를 아들에게 넘겨야한다. 도기철은 그 정도로 바보는 아니다.

다만 그는 모용중광을 진양처럼 신랑감 후보로 받아들이지는 않았다.

'저놈은 팽가랑 친하잖아.'

모용세가의 차기 가주라면, 당연히 같은 오대세가인 팽

가와 나쁜 관계로 지낼 수 없다.

정말 단순 무식하게도 그게 마음에 들지 않았다.

한 가문의 우두머리로서 사적인 감정이 듬뿍 들어간 것은 좋지 않지만, 그래도 어쩔 수 없다.

도가장과 팽가의 긴 악연은 너무 오래됐으니까.

"모용세가도 참전했으니까 난 양이를 도우러 갈게!"

"아니, 저 배은망덕한 년이?"

친아비가 소위 피똥 싸며 열심히 싸워, 딸을 지켜 주고 있는데 지원군이 왔다는 것만으로 미래의 신랑(?)에게 냉큼 달려가니 울컥 하고 화가 솟았다.

철피강시만 아니었다면 진즉에 딸의 면전을 향해 욕설과 잔소리를 화살처럼 쏘아냈을 것이다.

"하지만 아까부터 양이의 모습이 이상하단 말이야!"

도연홍이 주변 눈에도 아랑곳하지 않고, 경어까지 생략하고 장주에게 반말로 답했다.

"하하하! 멍청한 새끼!"

사람의 원망이라는 건 깊고 질척하다.

소추산이 특히 그랬다.

철피강시와 바쁘게 싸우는 도중에도 불구하고 그는 진양이 밀리는 모습을 보고 소리 높여 비웃었다.

주변에서 함께 싸우던 조사대 인원들은 처음에 그게 철

피강시에게 그러는 줄 알았다.

하지만 얼마 지나지 않아 그게 진양에 대한 욕설이라는 걸 깨닫고 기가 막혔다.

아무리 원망이 깊다고 하여도, 같은 아군인데 적군에게 당하는 모습을 보고 비웃다니?

이후, 그 모습은 쇄월검자라는 별호와 더불어 종남파의 명성까지 나락으로 곤두박질시키는 계기가 됐다.

같은 종남파의 제자들도 저건 너무했다고 생각될 정도였으니, 소추산이 얼마나 안하무인인지 알 수 있었다.

*　　*　　*

영혼을 잃은 듯, 얼빠진 표정을 짓고 있는 남자.

무당파 사대제자들의 중심.

그 장본인은 격류(激流)처럼 쏟아져 내리는 정신적인 무언가에 의해서 깊은 생각에 잠겨 있었다.

다만 신기한 것은 그러한 도중에도 철피강시와의 공수교환을 잊지 않고 대응하고 있다는 점이었다.

'양(陽)은 하늘이요, 음(陰)은 땅이다.'

양은 태양(日)이요, 음은 달(月)이다.

양은 빛(光)이요, 음은 어둠(暗)이다.

양은 남자(男)요, 음은 여자(女)이다.

양은 생명(生)이고, 음은 죽음(死)이다.

그리고 자신에게 있어 죽음은 곧 과거였다.

무당파 사대제자 진양으로서의 과거가 아니다.

두 개의 삶 중에서 전자가 과거라는 뜻이다.

대한민국에서 태어나 평범하게 살아온 남자의 삶.

남들처럼 군대에 입대하여, 전역하는 당일 날 집으로 가는 도중에 교통사고로 인해 죽고 진양이 됐다.

그리고 그는 죽음의 결정체 중 하나인 강시를 통해서 죽음을 뜻하는 과거의 자신을 맞이하고 있었다.

철피강시가 약한데도 왜 두려움을 느꼈는지 이제야 이해할 수 있었다.

강시라는 것을 구성하는 사기를 받아들이고, 죽었을 당시의 감정을 떠올린 것이다.

'나는…….'

전생은 전생, 현생은 현생이라 생각했다. 그래서 전생의 미련을 완벽히 버리고, 새 삶에 적응하여 지금 이 삶에 집중하기로 했다.

'모순(矛盾)이로구나.'

그렇지만 그는 전생의, 현대인 특유의 사고방식을 포기하지 않았다. 반대로 그 생각을 현생에 녹아들게 하여, 공생하며 살아왔다. 현대 지구의 지식 또한 자주 사용했다.

만약 정말로 전생의 미련을 버리고, 그걸 다른 삶이라 생각했다면 현대 지구에 대한 지식 또한 버렸어야했다.

즉, 말로는 현생에만 집중한다 해 놓고 전생의 기억과 지식을 아무렇지 않게 쓰고 있다는 것이었다.

'내 죽음을 없었던 것으로 돌려선 안 돼. 도망쳐서는 안 돼. 당당히 맞서고, 받아들여야 해.'

진실을 알게 되자 큰 충격으로 다가왔다. 하지만 천만다행으로 그 충격이 심마(心魔)까지로 번지지는 않았다.

심마를 피해내자, 그는 정신적인 벽을 넘어서 깨달음을 얻을 수 있었다.

'과거의 나 또한, 나이다. 전생은 전생, 현생은 현생이라는 개념이 아니야. 둘이 공존하기에 지금의 내가 있다!'

무언가가 밀물마냥 들어와 정기신(精氣神)을 가득 메운다. 그러자 육체에서 곧바로 변화를 불렀다.

하단전에 쌓인 내기가 빅뱅을 일으키듯, 혹은 이무기가 용으로 승천하듯이 폭발적인 에너지를 발산하여 기경팔맥(奇經八脈)을 회전한다.

그중 유난히 격렬한 반응을 보이는 곳이 있었는데, 그곳이 바로 기경팔맥 중 하나인 임맥(任脈)이다.

임맥은 몸의 앞 정중선에 분포된 경맥으로서, 회음(會

陰)에서 시작하여 음부와 배 속을 지나 관월혈 부위를 거쳐 몸의 앞 정중선을 따라 곧바로 목구멍까지 가서 입술을 돈 다음 뺨을 지나 눈 속으로 들어간다.

그리고 눈 아래의 승읍혈에서 위경과 연계된다.

순행과정에서, 배와 가슴 부위의 장부들과 연계를 가지며 또 족삼음경(足三陰經)과 음유맥(陰維脈), 충맥(衝脈) 등과 교회하며 온몸의 음경을 조절한다.

보면 알 수 있다시피, 임맥은 음기의 기운이 강하다.

진양이 깨달음을 얻자마자 내공이 폭발을 일으키고, 임맥을 타통한 것은 그가 얻은 정신적인 무언가가 바로 죽음이었던 과거, 즉 음의 근본에 있기 때문이었다.

다만 이러한 현상은 보통 무인에게 좋지 않았다.

설사 깨달음을 얻어 임맥을 타통한다고 해도, 임맥과 상반되어 양의 기운을 품고 있는 독맥(督脈)을 타통하지 않는다면 균형을 이루지 못해 육체가 조화를 이루지 못하고 이상 현상을 일으킨다.

만약 진양이 남성이 아니라 여성으로서, 임맥만 타통했거나, 혹은 임맥이 아니라 독맥만을 타통했다면 이렇게까지 불균형을 이루지 않았을 것이다.

즉, 육체와 기가 균형을 이루지 못하고 한쪽에만 쏠리니 곧 역천(逆天)을 불러들여 주화입마로 이어진다.

심마로부터 시작된 주화입마가 아니라, 육체와 기운의 불균형이 불러들이는 주화입마니 그 위험성은 결코 우습게 볼 것이 아니었다.

'아아아아!'

하지만, 음기의 폭발 때문에 죽음이 코앞까지 다가왔는데도 그는 결코 두려워하지 않았다.

아니, 이러한 사실을 알게 되고 어찌할지 고민하기도 전에 머릿속에서 무언가가 떠오르면서 이 상황을 무사히 타파할 수 있었다.

'양의신공!'

바로 무당파의 삼대신공 중 하나이며, 신공이지만 미완성의 무공으로 남은 양의신공 때문이었다.

임맥에서 음의 기운이 폭발하자마자, 양의신공은 기다렸다는 듯이 곧바로 반응했다.

'양의신공은 이기(二氣)를 다루는 신공!'

이기는 양의, 그리고 곧 음양이다.

즉, 음기와 양기를 자유자재로 다루는 힘을 지니고 있던 덕분에 신체 내에 음기가 많아져도 그걸 적절히 조절하고 자신의 것으로 만드는데 도움을 주었다.

폭발적인 힘은 과도하지 않고, 모조리 그의 내력으로 전환하여 단전에 녹아들었다.

그 현상과 함께 진양은 양의신공의 비밀을 알게 됐다.

'양의신공이 왜 미완성의 무공인 줄 알 수 있겠어!'

양의신공 역시 지금까지의 자신처럼 모순 덩어리였다.

이기를 다스리고 조화를 이룬다.

즉, 양과 음을 하나로 합해서 공존하게 해야 한다.

하지만 인간은 그것이 불가능하다.

남자는 선천적으로 양이고, 여자는 선천적으로 음이다.

즉, 남자가 양의신공을 익힐 경우 필연적으로 양기가 강하기 때문에 음기가 쫓아오지 못해 조화를 이룰 수 없다. 여자가 양의신공을 익힐 경우는 반대로 양기가 쫓아오지 못한다.

그렇다면 남자이면서 동시에 여자인 중성(中性)이어야 하는데 세상에 그런 성별 따위 존재하지 않기 때문이다.

물론 내시 같이 남성의 그곳을 자른 자들도 존재한다.

그러나 양의신공 때문에 남성의 상징을 자른다면, 그것으로 끝이다. 더 이상 진의를 볼 수 없게 된다.

성기를 자른다 해도 양기와 음기가 조화를 이루는 건 아니다.

현대 지구에서도 성 정체성에 혼란이 와서, 여자가 되는 수술을 받는다 해도 호르몬 주사를 받아야한다.

그것 또한 정기적으로 받지 않는다면 남성 호르몬이 증

가하여 털이 나거나 한다.

또한 거시기를 자른다고 해도 여성의 상징인 가슴이 자라지 않는 것처럼, 한계가 있다는 뜻이었다.

완벽한 조화와 균형은 이룰 수는 없다.

그렇다면 양의신공은 미완성, 아니 실패한 무공일까?

애초에 인간이 끝을 볼 수 없게 만드는 무공인가?

답을 말하자면, '아니다' .

한 가지 방법이 존재한다.

음양의 또 다른 이름은 남자와 여자.

또 다르게 해석하다면 삶과 죽음이기도 하다.

즉, 생사(生死)를 깨닫고 통괄하면 극을 볼 수 있다.

이게 무슨 해괴한 소리냐 하면, 양이자 삶을 모두 깨달은 채로 수명이 다해 죽기 직전, 음이자 죽음 또한 알게 된다면 생사를 모두 알게 되어 양의로 이어지고 — 이는 양의신공의 대성으로 태극을 깨우쳐 우화등선 할 수 있다는 의미였다.

너무 간단하지만, 또 난해하고 어렵기도 하다.

애초에 태극을 깨우치고 신선에 경지에 이른 자가 선계로 떠나기 전에 후학을 위해서 남긴 무공이다.

제대로 이해하고 해석할 수도 없으니, 오랜 세월 동안 연구하고 익힌 자들의 생각 때문에 변질되어 미완성의 무공으로 남아버린 것이다.

하지만 진양은 이 비밀을 알 수 있었다.

여성을 대체할 수 있는 또 다른 음, 죽음을 받아들이고 인정하고 경험한 덕분에 십이성(十二成)으로 나누어진 양의신공을 십일성(十一成)까지 이룰 수 있었다.

양의신공의 마지막 단계를 깨우칠 수 없던 건, 극음(極陰)은 이해했으나 극양(極陽)은 깨우치지 못했기 때문이었다.

'하지만 이 정도도 충분하다.'

이 기세로 임맥독맥 모두를 타통하여 신의 경지에 이르면 좋겠다는 생각도 있었지만, 그는 만족할 줄 아는 사내였다. 과한 욕심은 독일뿐이다.

임맥을 뚫고, 무당의 기록상 창안자를 제외하고 십성까지 익히지 못한 양의신공을 십일성까지 배우고 그 진의를 깨우친 것만으로 만족했다.

이것만으로도 굉장한 성취였으니까.

*　*　*

"더 이상 네놈 따위는 두렵지 않다."

철피강시와 고전하던 진양이 중얼거렸다.

그는 한층 가라앉은 눈동자를 빛내며 주먹을 내지른다.

하지만 평소와의 공격과는 그 차원이 달랐다.

그 주먹에는 평소의 권기가 맺혀 있지 않았다. 눈에 훤히 보일 정도로의 무언가가 밀집된 검푸른빛이었다.

'이것이 강기(强氣)!'

초절정의 벽을 허물고, 다름 경지에 들어서자 새로운 기의 운용법을 쓸 수 있었다.

절정 고수에 이르면 쓸 수 있는 기의 운용법이, 검기 혹은 권기다. 그리고 그다음 벽을 허물고 초절정에 진입하면 기를 실처럼 뽑아내는 기사(氣絲)를 쓸 수 있다.

마지막으로 초절정을 넘을 경우.

기사의 상위 능력이자, 수많은 기사를 뽑아내서 그걸 밀집시키고 유형의 형상을 가지는 것이 바로 강기다.

권기나 기사 같은 것이 일반적인 철을 두부 자르듯이 벨 수 있다면, 강기는 그 윗단계인 현철(玄鐵)을 손쉽게 벨 수 있다. 그뿐만 아니라 권기나 기사 같은 것을 아예 없애버리는 효과 또한 지니고 있다.

"캬!"

철피강시가 외마디 비명과 함께 저 멀리 날아갔다.

강기가 실린 주먹을 정통으로 맞은 그 흉부에는 커다란 구멍이 뚫려 있었다.

"야, 양아?"

도가장 무리에서 빠져나온 도연홍은, 도와두려던 찰나 그의 기세가 확연하게 달라지자 당황한 모습을 보였다.

진양은 바쁜 와중에도 한 걸음에 달려온 그녀를 보고 미미하게 웃어 주며 답했다.

"이제 괜찮습니다, 누님. 어서 도가장에 합류하십시오. 나머지는 제가 처리하겠습니다."

진양이 발걸음을 돌렸다.

다만 그 목적지는 원래의 목표였던 복인흥이 아니었다.

그는 일단 조금이라도 생명을 구제하기 위해서, 제일 먼저 사형제들이 있는 무당파 무리에게 몸을 날렸다.

"양아!"

고전하고 있던 막내 사제가 철피강시를 처리하고 다가오자 진성이 제일 먼저 기뻐하며 그를 반겼다.

"바보 놈아! 우린 괜찮으니 당장 돌아가서 북사호법을 쳐라!"

선응이 냉철하게 축객령을 내렸다.

사형제들을 걱정하는 마음을 이해 못 하는 것은 아니나, 냉철하게 보면 가까이에 있는 복인흥을 먼저 쳐서 이기는 것이 더 승산이 있기 때문이었다.

"괜찮습니다!"

선응의 의도가 무엇인지 알고 있는 그는 기분이 상한 기색을 보이지 않고, 제운종을 밟아 눈부시게 움직여 무당파 사형제들에게 붙은 철피강시에게 권강(拳强) 세례를 퍼부었다.

원래 강기는 권기나 기사보다 상당한 내력 소모가 따른다. 아무리 강기를 쓸 수 있는 경지에 진입한다고 해도, 물처럼 쓸 수 있는 것이 아니다.

하지만 그는 원래 내공이 많았던데다가, 경지를 넘고 극음을 깨우치면서 내공이 다시 한 번 무식하게 늘어났다.

덕분에 강기를 큰 무리 없이 쏟아낼 수 있었다.

"가, 강기?"

권강을 본 선응이 두 눈을 부릅떴다. 그뿐만 아니라 다른 무당파 제자들도 경악을 금치 못했다.

강기를 쓴다는 것은 곧 무림팔존에 가까운 절세고수를 의미하는 것. 사람들은 그 경지를 보고 이렇게 말한다.

"화경(化境)이라고!"

저 멀리서 전장의 상황을 지켜보고 있던 복인흥이 불신과 경악이 깃든 목소리로 외쳤다.

그 목소리를 들은 무림맹 조사대 인원의 시선이 모조리 진양에게로 고정됐다.

철피강시와 싸우는 도중에 정신을 팔 정도로, 그만큼 화경이라는 이름을 지닌 경지는 의미가 컸다.

화경은 아무나 되는 것이 아니다.

천재가 아니라면, 아니 설사 천재라고 해도 타고난 운과 피나는 노력, 그리고 오랜 시간 수련하지 않으면 오를 수 없는 경지다.

그 증거로 역사상 최연소로 화경에 오른 고수의 나이가 무려 사십이었다.

하지만 진양은 중년이 아니라, 아직 삼십도 되지 않은 어린 나이에 화경에 올랐으니 모두가 깜짝 놀라는 것도 당연했다.

복인흥이 두 귀를 의심하고 믿을 수 없다는 표정을 짓는 것도 전혀 이상하지 않았다.

"모두 그럴 때가 아닙니다!"

그는 일부러 목소리에 내공을 실어 그들이 정신을 제대로 차릴 수 있도록 외쳤다.

덕분에 벙 찐 얼굴로 있던 무림맹 조사대 전체가 그제야 정신을 퍼뜩 차리고 다시 철피강시와의 싸움에 집중했다.

무림맹 조사대도 강시 부대와의 싸움으로 제법 죽었다.

처음에 백 명이었으나, 무려 삼십이 죽어 칠십 명이 남았다. 그중에서 중상자가 이십은 되 보이는 듯했다.

"제가 도울 테니 진법을 유지하십시오! 무당파 사형제들께서는 다른 세력을 도와주길 바랍니다!"

"알았다! 무당은 도가장과 모용세가를 돕는다!"

이런 때에 강호의 경험이 빛을 발휘했다.

무공보다 더 값진 노련함을 가진 선응은 살아남은 무당파 제자들을 이끌고 비교적 가까운 도가장과 모용세가에 합류하여 그들을 도왔다.

많은 인원들이 합쳐지니, 싸움이 좀 더 쉬워지고 안전해졌다. 중상자와 경상자의 숫자도 눈에 띄게 줄었다.

그동안 진양은 다른 구파일방 세력이나 무림맹 무사들에게 합류하여 남은 철피강시를 소탕했다.

화경이 괜히 화경이 아니다.

일류와 절정 사이의 벽이 엄청난 차이를 내는 것처럼, 화경에 오르기 위한 벽은 터무니없을 정도다.

다만 그 벽을 넘기만 하면 초절정 고수 몇을 혼자서 능히 상대할 수 있다.

덕분에 방금 전까지 그토록 격렬하고, 위험천만했던 생사결이 무안해질 정도로 철피강시 오십 구 모두를 쓰러뜨릴 수 있었다.

第十一章

권수강기(拳手强氣)

"무슨……."

복인흥은 화가 치밀어 올라 뒷말을 도저히 이을 수 없었다.

교내에서도 백 구밖에 없는, 최고 병기 중 하나인 철피강시 오십 구가 무림맹 본대도 아니고 젊은 나이 대의 애송이들로 이루어진 조사대조차 이기지 못했다.

허무할 정도로, 철피강시 오십이 하나도 남지 않고 전멸했다.

"북사호법, 복인흥. 여기까지다."

죽음의 위기에서 한 줄기 빛이 되어 구원자가 된 그는

차갑게 불타오르는 눈동자를 복인홍에게 고정했다.

진양의 눈동자는, 누구보다 더한 분노가 담겨져 있었다.

죽음이라는 근본을 깨달은 그는 강시라는 천륜을 어긴 술법을 사용한 복인홍을 더더욱 용서할 수 없었다.

"사람이 죽으면, 그 영혼은 선하건 악하건 간에 저승으로 돌아가야 한다. 그걸 막는 것은, 어떠한 고통보다 더 악하다는 걸 알고는 있느냐?"

복인홍이 연공한 마령강시반혼대법이란, 이름 그대로 구천으로 가야하는 혼을 이승으로 되돌려 강시의 몸에 주입하고 마(魔)의 혼으로 바꾸는 것이다.

자의도 아니고 타의로 인해 이렇게 된 영혼은 그야말로 살아 있는 지옥에 있는 것과 같다. 아니, 지옥보다 질이 더 나쁘다.

지옥은 생전의 죄질에 따라 받는 벌이 정해지지만, 강시가 되는 건 죄질에 상관없이 남게 되고 혼이 마에 물들게 되니까 말이다.

죽음에 대해 누구보다 더 잘 이해하게 된 그에게 있어 복인홍의 행동은 결코 참을 수 없었다.

"네 이놈, 화경의 고수이거늘 실력을 숨기고 있었느냐?"

하지만 복인홍은 그의 말이 아무래도 상관없었다.

그것보다 더 중요한 일이 있었기 때문이다.

"아니, 방금 전에 경지를 넘어 화경에 이르렀다."

"헛소리! 어떻게 싸우는 도중에 깨달음을 얻고 화경에 오를 수 있다는 것이냐?"

복인흥이 얼굴을 와락 구기고 따지듯이 물었다. 그 말대로, 진양은 말은 무림의 상식에서 벗어나 있었다.

보통 깨달음을 얻게 되면, 바로 운기조식에 들어가 그 깨달음을 자신의 것으로 만들기 위해 집중해야 한다. 혹은 무공의 초식 등을 누구의 방해도 없이 전개하거나 말이다.

하지만 진양은 바쁘게 철피강시 몇몇을 상대하고 있었으니, 그런 여유 따위는 없었을 것이다.

상식적으로 원래부터 화경의 고수였는데 실력을 감추고 있다는 것으로 생각할 수 있다.

"믿고 싶지 않다면 믿지 않아도 된다. 난 싸움 속에서 깨달음을 얻고 내 것으로 만들어서 화경에 이르렀으니까."

당연하지만, 진양은 거짓을 말하고 있는 게 아니다.

이는 그가 지닌 양의신공의 특수성 때문이었다.

양의신공은 두 가지 행동과 생각을 동시에 할 수 있다.

조금 알아듣기 쉽게 표현하자면, 한 손으로 드럼을 치면 다른 손으로는 기타를 칠 수 있다는 뜻이었다.

그게 양의신공의 특성 중 하나이다.

진양은 이 특성을 이용하여, 한쪽은 철피강시와 싸우는

데 힘을 쓰고 한쪽은 깨달음을 자신의 것으로 만들어 화경에 진입하는 데로 썼다.

덕분에 이런 결과가 나온 것.

물론 정작 질문을 한 복인흥은 믿지 않았지만.

"흥! 아주 날 물로 보는구나. 좋다. 네가 화경인 것은 예상 외였으나, 그렇다고 상황이 바뀌는 것은 아니다."

복인흥이 코웃음을 쳤다.

오십이나 되는 철피강시를 모두 잃었는데도 불구하고 그 모습은 이상할 정도로 당당했다.

"무슨 자신감이냐, 북사호법? 네가 무공을 쓰지 못하는 건 누구나 다 알고 있다."

도기철이 복인흥을 보고 외쳤다.

그 말대로, 복인흥은 술법만 배웠지 무공을 배우지는 않았다. 절정 혹은 초절정 급의 강시를 자유자재로 조종하고, 거기에 무공까지 상당하다면 그건 인간이 아니다.

강시가 강한 거지, 술사 본인 자체는 육체적으로 일반인 정도로 약하다. 결코 무인의 상대가 되지 않는다.

"멍청한 새끼. 그런 뜻이 아니다. 누가 도가장 아니랄까 봐 뇌가 비었구나."

복인흥은 도기철을 비웃으면서 손에 쥐고 있던 방울을 흔들었다. 그러자 딸랑, 하고 기분 나쁜 소음과 함께 뒤편에서 두 개의 그림자가 튀어나와 복인흥 앞에 섰다.

"저건……."

귀찮을 것 같은 존재들의 등장에 진양이 눈살을 찌푸렸다. 무언가가 마음에 안 드는 듯, 불쾌한 눈초리다.

그림자들의 정체는 인간이었다.

거무튀튀한 무복 차림에, 연령대는 사십 대 초반 정도 되지 않을까 싶은 중년 남성들이었다.

강시는 아닌 듯했다.

피부가 시체처럼 창백하지 않고, 은은하게 혈색을 도는 걸 보면 죽은 자가 아니라 산 자다. 강시 특유의 사기가 흘러나오지도 않았다. 시독도 느껴지지 않는다.

하지만 진양의 마음 깊숙한 곳에서 불길함이 스멀스멀 피어올랐다.

'꼭 영혼을 잃어버린 표정이다.'

표현하자면 정말 딱 그랬다.

얼굴에서 어떠한 감정도, 표정도 느껴지지 않는다.

단순히 감정 표현이 서툴거나, 무뚝뚝해서 냉정하게 보인다는 정도가 아니다. 죽은 사람인 것마냥 표정이 존재하지 않는다. 어떠한 것도 느낄 수가 없었다.

무엇보다 동공에서 생기(生氣)를 전혀 찾아볼 수가 없었다. 다른 강시들 마냥 꺼진 눈빛을 하고 있으니, 산 자임에도 불구하고 강시 특유의 느낌이 묻어났다.

"설마……."

어릴 적부터 무당의 가르침을 받아 얻은 지식 중 무언가가 머리를 스쳐나갔다.

"크하하핫! 평생을 연구하고 매진하여, 수많은 시행착오 끝에 탄생한 활강시(活僵屍)다! 네가 화경의 고수라고 해도, 무림팔존이 아닌 이상은 이길 수 없을 것이다!"

복인홍은 굽은 등을 크게 젖히고 소리 높여 웃는다.

그 목소리는 자부심으로 가득했고, 또 소름 끼칠 정도로 무서웠다.

강시를 만드는 방법은 보통 둘로 나누어진다.

하나는 죽은 사람을 마교의 사술(邪術)을 통해 몸만 살리는 것으로, 철피강시 같은 사강시다.

다른 하나는 죽은 사람이 아니라, 산 사람을 약물과 사술을 통해서 그대로 강시로 만드는 활강시다.

전자도 위험하긴 하지만, 후자의 경우는 재앙이라 부를 수준으로 끔찍하다.

일단 활강시는 제조 과정조차도 무시무시한데, 그중 가장 잘 알려져 있는 건 정신이 멀쩡한 실험체를 무수히 많은 시체들 속에 넣어 시독과 시혈(尸血)에 담근다.

정신이 멀쩡한데, 움직일 수 없다. 그 틈 사이로 죽은

지 며칠 된 시체들과 몇 날 며칠을 함께한다는 것은 정신적인 고통이 보통이 아니다.

물론 활강시가 단순히 이런 잔악무도한 제조 과정 때문에 두려움을 받는 건 아니었다.

활강시의 진정한 무서움은 강시가 된 이후다.

죽은 몸이 아니라, 살아 있는 몸이기 때문에 강시가 된 이후로도 무공을 완벽하게 재현할 수 있다.

철피강시처럼 단순히 생전의 습관이 아니라, 살아 있기에 가능한 행동이었다.

즉, 복잡한 초식까지 모두 구사하는 것도 모자라서 공수를 교환할 때 능동적인 판단도 나름대로 가능하다는 뜻이었다.

"게다가 활강시라면 분명히……."

강시에 제법 자세히 알고 있는 도가문파 제자들의 얼굴에 패색이 드리웠다.

활강시의 무서운 점 중 또 하나.

그건 바로 금강불괴라는 점이다.

철피강시처럼 단순하게 피부가 제법 단단한 수준이 아니다. 아예 철로 이루어진 병장기가 통하지 않는다. 생채기조차도 남지 않는다는 뜻이었다.

하지만 아주 절망적이진 않다. 금강불괴라 하여도, 내가 중수법까지 통하지 않는 것은 아니었다.

불행 중 다행이다.

"……."

그러나, 정작 졸지에 활강시 둘을 동시에 싸워야 할 운명인 진양의 표정은 별로 변화가 없었다.

딱히 허세가 아니다. 진심으로 두려워하지 않는 얼굴이었다.

"이게 네놈의 비장의 한 수였나. 별거 없구나."

최대한 무뚝뚝한 얼굴로 읊조린다.

"보는 눈이 많다고 허세를 부리는 건 좋지 않지, 무당의 애송이. 화경이 아무리 대단하다 하여도 활강시 하나라면 모를까, 둘을 상대할 수는 없다."

전혀 겁먹지 않은 모습을 보고 그게 마음에 들지 않은 복인흥이 낮게 으르릉거렸다.

"게다가 강시가 되기 전, 이 둘은 마교 내 초절정 고수 중에서도 상위였다. 활강시로 다시 태어나면서 능히 화경에 견줄 정도가 됐지. 다시 한 번 말하지만 넌 결코 이길 수 없다. 설마 이제 와서 무림팔존 정도의 고수였지만 실력을 감추고 있었다는 건 아니겠지?"

스스로 말하고도 얼마나 터무니없는 추측이라는 걸 안 복인흥이 헛웃음을 내뱉었다.

"양아, 확실히 네가 화경의 고수란 것은 알았다. 하지만 지금은 조사대 전체가 싸워야겠구나."

선웅도 불안한 기색을 돋보이며 진양을 말렸다.

"그렇소, 양 소협. 양 소협가 이룬 경지를 결코 우습게 보이는 것이 아니오. 지금은 냉정하게 싸울 차례요."

모용중광도 선웅의 말에 찬성해 그를 말렸다.

"무슨 소리냐, 모용중광!"

용케 끝까지 살아남은 소추산이 이죽거리며 끼어들었다.

"금위사범은 혼자 힘으로 능히 해낼 수 있다고 말했다. 이제 와서 우리가 끼어들다니, 그건 정파인으로서 예의가 아닌데다가 너무 비겁하지 않느냐!"

그런 말 따위 하지 않았다.

가면 갈수록 소추산이 얼마나 답이 없는 사람인지 알 수 있었다.

이런 상황에서, 심지어 진양의 도움 덕분에 철피강시에게서 살아남은 그는 아직까지도 진양을 마음에 들어 하지 않고 그를 돕지 않으려 하고 있었다.

어떻게 해서든 진양을 추락시키기 위해, 아니 그걸 넘어서 아예 죽게 만들려고 작정한 듯 유도하고 있다.

"네 이놈! 그 역겨운 입을 다물지 못할까, 소추산!"

혈기 넘치는 젊은 제자들이 반응하기도 전에 선웅이 소

추산을 쏘아보며 노성(怒聲)을 질렀다.

아무리 젊은 고수 중에서 나름 강자로 알려진 쇄월검자 소추산도 그 노기에는 버티지 못하고 몸을 움찔 떨었다.

"아까부터 내 참고 있었지만, 아무리 구파일방이 서로 경쟁하는 입장이라 해도 청해에 도착한 이후 네놈의 행동은 선을 넘고 있다!"

"하지만……."

"하지만은 무슨! 내 살다 살다 네놈만큼 썩어 빠지고, 속 좁은 무인은 처음이로구나. 이 일이 끝나고 무림맹에 돌아간다면 내 직접 맹주와 종남파에게 네놈의 행동을 하나도 빠짐없이 샅샅이 고할 것이다!"

"……큭!"

소추산은 선응의 기에 짓눌려 차마 뭐라 하지 못하고 입을 다물었다.

"쯧쯧……."

주변에서 이 광경을 보고 있던 무림맹 조사대 인원들은 종남파를 제외하곤 하나도 빠짐없이 혀를 차면서 소추산을 비난의 눈초리로 쳐다보았다. 그 눈은 마치 오물을 바라보는 듯했다.

"장로님께서도 한 성질하시는군. 아주 속이 뻥 뚫리는 기분이야."

진성이 십 년 묵은 변비를 한 번에 게워낸 듯, 후련한 얼굴로 웃으며 말했다. 그의 주변에 있던 무당파 사대제자들도 그 말에 동의한 듯 머리를 주억거렸다.

"저는 괜찮습니다, 장로님."

진양이 자기 대신 할 말을 퍼부어준 선응을 부드럽게 살피며 고개를 좌우로 절레절레 흔들었다.

"화경에 오르면서 견식이 많아졌습니다. 저 활강시 둘은 확실히 강합니다. 하지만 화경에 가까울 뿐, 화경은 되지 못합니다. 그 차이가 얼마나 큰지 보여드리겠습니다."

"끄응."

이에 선응은 확신에 가득 찬 그를 보고 뭐라 말을 하지 못했다. 선응도 강하지만, 진양만큼은 아니다.

강기를 발현할 수 있는 화경의 경지는 조사대에 없을뿐더러, 나아가 정파 전체를 찾아봐도 몇 없다.

그 화경의 고수가 저리 말하니 뭐라 하기가 좀 그랬다.

"제가 정말 위험하다면 그때 판단하시고 도와주십시오. 그동안은 복인흥이 도망치지 않도록 퇴로를 막아주시기 바랍니다."

"……그래, 알았다. 너무 무리하지 말거라."

선응이 별수 없이 수긍한 걸 본 진양은 다시 몸을 돌려서 생기도 사기도 아닌, 마기를 줄기차게 흘리고 있는 활강시에게 눈을 돌렸다.

"싸우기 전에 몇 가지 물을 것이 있다, 복인흥."

"좋다. 네놈이 건방지긴 하지만, 그래도 내 활강시의 첫 희생물이 되는 기념으로 대답해 주마."

"이 활강시들은 분명 마교의 초절정 고수라고 했지?"

복인흥은 머리를 위아래로 흔들어 말 대신 답했다.

"활강시란 살아 있는 사람을 술법을 이용해 강시로 제조하는 것. 헌데 같은 마교의 인물이 아니지 않느냐? 왜 아군을 강시로 만든 것이지?"

그렇다고 적군을 강시로 만드는 건 괜찮다는 의미는 아니었다. 강시는 엄연히 천륜을 벗어난 술법이다.

강시대법은 정파도 사파도 증오하고 금술로 칭하며, 행하는 이들은 오직 마교뿐이다.

"별 시답지 않은 질문을 하는군. 교내에서 이 둘은 나에게 도전했다가 패배한 놈들이다. 그래서 강시로 만들었다."

"……도전했다는 건, 비무를 말하는가?"

"그래. 날 대신한 강시가 싸웠지."

마교에서는 약자가 강자에게 도전하여, 그 지위를 포함하여 모든 것 빼앗을 수 있다. 힘만이 정의라는 마교 고유의 철학을 보면 손쉽게 이해할 수 있는 교리다.

"승자는 패자의 모든 걸 빼앗을 수 있다. 생명도, 재산도, 지위도, 그리고 자식이 있다면 자식도 마음대로 할 수 있지. 이러한 교리는 워낙 유명해서 교내뿐만 아니라 중원에도 제법 알려져 있으니 모르지는 않을 텐데?"

복인홍은 이해가 안 가는 얼굴로 고개를 갸웃했다.

"미친 새끼들."

진양은 복인 의 태연한 대답에 분노를 참지 못하고 욕설이 반사적으로 튀어나왔다. 주변의 시선에도 아랑곳하지 않을 정도로, 도사라는 신분을 잊을 정도로 화가 치밀어 올랐다.

"마교라는 한 단체에 속하고, 같은 사상 아래 모이지 않았느냐. 비록 피는 이어지지 않았지만, 어떻게 그럴 수가 있느냐?"

진양이 이토록 화를 내는 것은 단순히 도전한 자의 모든 걸 빼앗아가서 그런 것이 아니었다.

마교라는 단체의 교리, 그리고 그 구조 때문이다.

정파 단체에선 위에 있는 자리를 얻고 싶다면, 실력을 보이면 된다. 순수하게 무공이라는 힘을 써서 비무를 통해 검증을 받고 인정을 받으면 된다. 그럼 위에 설 수 있다.

지금의 무림맹주 지무악이 그렇다.

배경도 없었으며 신분도 대단하지 않다. 오직 무공만으로 정파무림연합체 무림맹의 맹주 자리를 차지했다.

이 비무에서 결코 생명을 걸 필요는 없다.

인간이 호랑이 등의 짐승도 아니니까.

하지만 마교는 다르다.

좀 더 높은 지위를 얻으려면, 권력을 손에 넣으려면 남을 이겨야하는 건 물론이고 목숨까지 걸어야한다.

강자는 약자의 모든 걸 빼앗을 권리가 있으니까.

생명조차도 마음대로 할 수 있으니까.

그러니 그걸 각오해야 한다.

도전자는 그 목숨을 각오했으니, 도전을 받은 복인흥이 그들의 각오를 받아 죽이는 것 자체는 이해가 간다.

하지만 그 구조를 도저히 이해할 수는 없었다.

적이 자신의 목숨을 위협하면, 그걸 저지하고 죽이면 정당방위로 인정된다. 그러나 마교는 서로 적이 아니다.

같은 사상 아래 모인, 가족이나 다름없는 관계이다.

예를 들자면, 무당파에서 진양이 무당파 장로 자리를 갖기 위해서 장로를 죽였다는 뜻이다.

그리고 그 행위가 인정되고, 모두 죽은 자가 나쁘다고 말한다. 그걸 생각하니 욕과 분노가 치밀어 올랐다.

새로운 삶을 통해, 비록 피가 이어져 있지 않아도 그 이상의 연이 얼마나 소중한지 경험으로 아는 진양에게 있어 마교의 행동과 교리는 이해할 수 없을뿐더러, 이해하고 싶지도 않았다.

"말코 도사답게 꽉 막힌 말을 하는구나."

복인홍은 입을 쩍 벌려 하품을 했다.

"네놈은 정말로 우리 마교를 이해하지 못하는구나. 하기야, 무림의 역사상 우리에게 동조한 놈들은 모두 본교에 입교했으니까. 그녀처럼 말이지."

복인홍이 연미를 힐끗 쳐다보곤 다시 말을 잇는다.

"잘 들어라, 애송이. 마교도는 교주인 천마부터 시작해 이름도 모를 하위 교도까지 모두 이 법칙이 적용된다. '강자는 모든 걸 손에 넣는다.' 애초에 이런 사상이 마음에 들어 마교에 남아 있는 거지."

유명하고, 간단한, 마교 본연의 성질.

하나의 철학.

또한 진리.

"본교가 딱히 무슨 사술로 세뇌를 하는 게 아니다. 이러한 사상이 마음에 들어 남아 있는 것뿐이지. 굳이 그렇게 머리 아프게 생각할 필요도 없다."

복인홍은 괜한 시간만 버려서 그런지 실망한 기색을 내보이며 귀찮듯이 손을 휘적였다.

그는 더 이상 대화를 지속할 필요성을 느끼지 못했다.

마교의 교리에 따르면, 어차피 승자의 말이 진리다.

그게 인륜을 벗어났건, 벗어나지 않았건 간에는 중요하지 않는다.

이기면 패자의 말은 묻히고, 승자의 말이 기록된다.

그뿐이다.

"……그런가. 어떤 시대건 간에 인간의 역사는 별로 다를 것이 없구나."

복인흥의 눈을 보고 그 생각을 알 수 있었다.

현대 지구의 역사를 봐도 어떤 결과인지 알 수 있다.

자본주의는 공산주의를 이해하지 못한다.

공산주의는 자본주의를 이해하지 못한다.

서로 잘못됐다며, 비난하기 바쁘다.

그 사상의 대립 때문에 사람은 싸움을 한다.

무림도 별반 다를 것 없었다.

정도(正道)는 사도(邪道)와 마도(魔道)를 이해 못 한다.

사도는 정도와 마도를 이해 못 한다.

마도는 정도와 사도를 이해 못 한다.

그렇기에 무림은 끊임없는 전쟁을 계속했다.

"그렇기에 폐관 수련이 끝내시고, 강해지신 교주께서는 이 교리를 알리기 위해 무림 정복에 친히 나섰다. 무림팔존은 교주의 손에, 무림맹과 사도련은 마교의 손에 굴복한다. 그게 바로 마정대전(魔正大戰)이다."

수많은 사람들이 우려했던 정마대전.

황중 협곡에서 그 시작이 북사호법의 입을 통해 울렸다.

"그래……이제 확실히 알았다. 마교는 잘못됐다. 하나부터 열까지, 모두가 비틀려 있고, 일그러져 있고, 잘못됐어."

복인흥과 대화를 하기 전까지, 아니 마교의 실체를 눈으로 목격하기 전까지 진양은 마교에 대해 별다른 생각이 없었다. 그저 마성에 물들어, 인간 전체를 위협하는 괴물 정도로만 인식했다.

하지만 그 생각은 고쳐졌다.

마교의 구조를 자세히 알고, 그 철학을 듣고, 복인흥의 입을 통해서 실체까지 확인한 그는 마교를 부정했다.

힘이 곧 정의라는 교리를, 그 체계를 부정했다.

만약 마교의 철학을 받아들이거나 혹은 조금이라도 이해하게 된다면, 그건 현생 모두를 부정하는 것이었으니까.

여덟 살의 어린 꼬마의 몸에 들어오고, 십육 년 동안 무당파에서 자라왔다.

무당은 혈연으로 이어져 있진 않지만, 그 이상의 소중함을 알려줬다. 힘이 강하다고, 무공의 경지가 높다고 다가 아니라고 하였다.

그 증거로 사부인 청솔은 무도를 포기했는데도 그 도학을 인정받고 사람들에게 존경을 받았다.

여기서 마교의 교리를 조금이라도 이해한다는 건 무도를 걷지 않고 정신적인 수련을 쌓고 있는 무당파의 식구들의 방식과 철학을 부정하고 더럽히는 것이다.

다른 건 몰라도, 존경하기 그지없는 청솔이 걸어온 길과 가르침을 부정하는 것은 도저히 참을 수가 없었다.

"네놈들은 상대할 가치도 없는 인간의 탈을 쓴 짐승일 뿐이야……!"

진양은 이제껏 단 한 번도 보여 주지 못한, 살의를 넘어서 혐오와 증오로 가득한 목소리로 말했다.

그 말에 복인흥은 표정 변화 하나 없이, 어떠한 감정의 동요도 보여주지 않으며 답한다.

"틀린 게 아니다."

그리고 이내 말을 이었다.

"다른 거지."

그 말을 끝으로, 진양이 몸을 날린다.

마교에 대한 멸시감에, 처음부터 전력을 쏟아 낸다.

그에 반응한 활강시가 좌우로 수평을 이루고 날아온다. 그들 또한 재빠른 몸놀림이었다.

과연, 활강시가 되기 전 초절정 고수 중에서도 상위에 속했다는 건 단순히 허세가 아닌 듯했다.

좌측에 있는 활강시는 검 한 자루를 쥐고 있었고, 우측에 있는 활강시는 도 한 자루를 쥐었다.

순식간에 거리를 좁힌 두 활강시는 거의 동시나 다름없는 속도로 검법과 도법을 펼친다.

활강시들은 각각 병장기에 검기와 도기(刀氣)를 실었는데, 원래의 내공과 더불어 마기까지 더해지니 위력이 상당해 보였다.

다만, 그뿐이다.

아무리 화경에 근접했다 해도 화경은 아니다. 화경의 증거인 강기를 발현할 수 없다.

검기나 도기 위에 강기는 완벽한 상위의 개념이다. 아무리 강시가 되어 세계의 법칙, 즉 천륜 자체를 위배하여 상식을 넘을 정도로 강해졌다고 해도 화경과 비교하기에는 무리가 있다.

그만큼 초절정과 화경 사이의 벽은 큰 차이가 난다.

복인흥은 아무래도 강기라는 개념 자체를 부술 정도로, 활강시가 역천의 힘을 쓸 수 있다고 자신한 모양이다.

그러나 화경의 경지에 오른 장본인의 눈에는 다르다.

복인흥 스스로가 화경이 아니니 그 사실을 모르는 것이다. 역천의 힘을 더해도 부족한 차이가 존재한다.

진양은 그 사실을 여기 있는 모두에게 알려주려고 하는지 검푸른 강기를 각각 좌수와 우권에 집중한다.

만약 이 자리에 다른 화경의 고수가 있다면 그가 얼마나 말도 안 돼는 행동을 하고 있는지, 그리고 왜 양의신공이 신공이라 불리는지 이해했을 것이다.

화경에 오른다고 해도, 강기를 손발마냥 자유자재로 구사하는 건 아니다. 발현하는 것 자체가 고행이지만, 그걸 유지해서 적과 싸우는 행위 자체가 정신력 소비가 크다.

양의신공 덕분에 권법과 장법 모두를 함께 익혔다 해도, 동시에 강기 두 개를 만들어 조절하는 건 힘들다.

내력의 소비는 둘째 치고, 정신이 버티지 못한다. 기감 능력 자체가 따라가지를 못한다.

그런데도 불구하고 진양이 좌수에 수강(手强)을, 우권에 권강을 만들어 내 싸울 수 있는 건 양의신공의 특성과 더불어 큰 깨달음을 완벽히 자신의 것으로 흡수했기에 가능한 일이었다.

"하아앗!"

손바닥을 둘러싼 강기가 검기를 잡아먹는다.

주먹을 둘러싼 강기가 도기를 잡아먹는다.

강기라는 이름의 법칙이 하위 법칙을 박살 내고, 깨뜨리고, 산산조각 내고, 잡아 삼키고, 소멸시켰다.

수강은 그대로 검을 튕겨낸 동시에 일직선을 긋고 주욱 나아가 검법을 펼친 활강시의 흉부를 후려쳤다.

우측 상황도 별반 다를 것 없다.

권강이 도를 튕겨 내고, 주먹이 공기의 벽을 허물없이 부숴 버리고 끝내 도를 쥔 활강시의 흉부를 후려쳤다.

물론, 둘 다 구멍이 난 것은 말할 것이 없다.

활강시는 금강불괴라는 장점을 가지고, 사강시와 비교도 할 수 없을 정도로 강해지긴 했으나 약점이 하나 추가됐다.

즉, 살아 있는 몸이기에 목을 베지 않아도 심장을 공격하면 그만이다. 심장이 멈추면 활강시도 죽는다.

흉부와 함께 심장이 사라진 활강시.

강기가 얼마나 대단한지 새삼스레 알 수 있었다.

"말도 안 돼!"

단 일격.

긴 초식 교환도 없이, 일격에 삶의 모든 정수가 들어가 있던 자랑스러운 활강시가 허무하게 나가떨어지자 복인흥은 비명을 질렀다.

"이럴 수는 없어!"

북사호법이 되기 전, 아니 마교에서 중간 위치에 오르기도 전 — 강시대법의 기본을 익혔을 때부터 시작하여 지금까지 평생을 연구한 모든 것의 집합체가 죽었다.

그것도 어이가 없을 정도로 허무하게 쓰러졌다.

그 광경을 두 눈으로 보고도 도저히 믿을 수가 없었다.

인간은 상식에서 벗어난, 자신의 근간 모두를 부정하는 것을 보면 반대로 현실성이 떨어져 믿을 수 없게 된다.

스스로의 눈으로 봤는데도 의심을 지우지 못한다.

복인홍은 그런 상태였다.

"모두 퇴로를 막아라!"

그 광경을 지켜보고 있던 선웅 또한 놀랐지만, 그래도 혹시 모를 사태를 대비하여 정신을 차리고 조사대에게 복인홍의 도주로를 막게 했다.

이에 조사대들은 발 빠르게 움직여 강시 부대가 전멸하고, 둘밖에 남지 않은 복인홍과 연미를 포위했다.

"말했을 텐데, 화경과 근접한 것과 화경 자체의 차이는 크다고."

흉부를 꿰뚫었지만, 강기 덕분에 피가 튀기지 않은 진양은 소매를 툭툭 털면서 복인홍에게 천천히 걸어갔다.

"북사호법, 복인홍. 네 패배다."

"크으……."

그렇게 자신만만했던, 비장의 수를 꺼냈을 때와 달리 복인홍의 태도는 처참하기 그지없었다.

눈동자를 옆으로 굴리며 연신 불안한 기색을 보이고, 아까처럼 자신만만한 태도는 단 하나도 남지 않았다.

"아아아아! 그렇게 둘 수는 없어!"

그때였다.

도주로를 막은 곳에서 소란이 일어났다.

복인흥이 아니라, 청해 분타주 — 아니, 분타주였던 연미가 개방도의 주 무기인 타구봉을 휘두르면서 조사대를 공격했다.

그녀는 궁지에 물린 복인흥을 보고 필사적으로 외쳤다.

"북사호법! 제 뒤를 따라서 어서 도망치세요!"

연미는 복인흥을 결코 죽게 둘 수 없었다.

그녀에게 북사호법은 마교에서 약간의 비호를 받을 수 있는 유일한 사람이다. 그가 마교 내에서 강자이고, 발언권이 있기에 그의 밑에 들어가면 마교에서 살아남을 수 있다. 아들의 목숨은 복인흥에게 있는 것이나 다름없다.

그래야 무림맹을 배신하고, 조사대나 청해에 대한 정보를 팔아먹은 공적도 인정받을 수 있으니까.

유일하게 아들을 살릴 수 있는 방법이다.

"잘했다, 거지!"

복인흥이 반색하며 일순간 뚫린 도주로로 눈부신 경공을 발휘했다. 강시술사인 그는 도주를 위해서 강시대법 외에 경신법 만큼은 수련하였다.

만약에 고수가 강시들을 회피하고 파고들면 적어도 피

해야 했으니까.

'협곡에서 벗어나, 얼마 지나지 않으면 마교의 영역이 나온다. 거기에 있는 마교도를 통해 본교에 연락하고, 이들을 처리할 전력을 데려온다!'

도망치기만 하면 목숨은 확보된다.

아니, 그걸 넘어 확실히 복수할 수 있다. 화경의 고수가 예상외긴 하지만 다른 사대호법과 손을 잡고 강시 부대와 함께 찾아오면 그만이다. 그럼 확실하게 이길 수 있다.

물론 그건 무사하게 도망칠 수 있을 경우의 이야기다.

"아까부터 연미 전(前) 분타주가 슬금슬금 준비하던 모습은 눈치챘소."

"빌어먹을!"

도주로를 뚫고 달리던 복인흥의 발은 파스슷 하고 흙바닥에 깊게 파이며 멈췄다.

앞을 가로막은 자를 보고 복인흥은 절망했다.

그저 그런 일류 정도라면 모를까, 후기지수 중에서도 이름 높은 모용중광이 진한 눈썹을 굽히고 막아섰다.

이에 뒤에서 따라오던 연미도 발걸음을 멈추고 입술을 질끈 깨물었다. 그녀의 힘으로도 모용중광은 도저히 싸울 수 있는 상대가 아니었다.

그리고 그 짧은 시간 동안 생각해 둔 도주로가 무림맹

조사대 인원들에 의하여 작은 틈 하나까지도 봉쇄됐다.

멀리서 복인흥이 도망치려 할 때, 모용중광이 그보다 더 빨리 움직인 걸 보고 느긋하게 두 사람을 추격해 온 진양이 포권을 통하여 고마움을 표시했다.

"고맙습니다, 모용 소협. 그 혜안(慧眼)에 감복했습니다."

"양 소협에 비하면 별일 아니오."

모용중광이 사람 좋은 미소를 지었다.

"자, 이제는 정말 끝이다. 복인흥, 연미 전 분타주."

모용중광을 대했을 때와 달리, 진양은 얼음장처럼 차가운 목소리로 사형선고를 내리듯이 말했다.

"이럴 수는 없어!"

무림맹을 배신하고, 나아가 조사대 인원들을 사지로 몰아낸 것도 모자라 마교에 입교한 사실까지 만천하에 까발려진 연미는 눈물을 흘리며 비명을 질렀다.

그렇지 않아도 퀭한 모습이 더더욱 음울해 보였다.

"……끄응."

약자로 전락한 복인흥이 앓는 소리를 냈다. 그리고 주변을 슥 둘러보곤 모든 걸 망친 인물에게 눈을 고정시키고 나지막이 중얼거렸다.

"설마 서른도 되지 않은 놈에게 이리 허무하게도 당할 줄이야……."

"복인홍, 한 가지 더 묻겠다. 청해 지부를 습격한 이후, 우리 말고 조사대가 온 적이 있었지? 하지만 정보에 의하면 행방불명됐다고 하는데……이에 대해 알고 있지?"

아까는 복인홍의 행위나, 마교에 대한 교리나 그 체계에 열이 받아 그만 뒤로 미루긴 했지만 그는 청해 지부를 습격한 정체와 더불어 행방이 묘연해진 일차 조사대를 찾기 위해서 왔다.

전자는 그렇다 쳐도, 솔직히 무룡관의 관주인 청곤을 비롯하여 무당파 제자들의 행방이 더 궁금했다.

그런 중요한 질문을 잠시 미룰 정도로, 그만큼 그가 마교의 사상에 대해서 거부감을 보였다는 의미다.

"조사대라……."

흠, 하고 침음을 흘리며 복인홍이 두 눈을 지그시 감고 생각에 잠겼다. 기억이 나지 않는 듯한 태도였다.

복인홍이 미적지근한 반응을 보이자 진양은 더 이상 기다리지 않고 경고하듯이 목소리를 깔고 입을 열었다.

"괜히 잔머리를 굴리다가 손가락 한 두 개가 날아갈지 모르니, 거짓을 고하지 않는 게 좋을 거야."

"정말 못 당할 놈이로구나."

눈을 다시 뜬 복인홍이 비릿하게 웃었다.

"가만 보면 네놈, 아니 나아가 정파 무림도 우리와 다를 것 없지 않은 것 같군그래. 힘으로 남을 굴복시키고, 협박을 하지. 특히 네놈은 도사답지 않게 살기가 짙어. 괜찮다면 본교에 입교하지 않겠느냐?"

복인흥의 말에는 진심이 느껴졌다. 하지만 그렇기에 기분이 더더욱 나쁘다.

진양은 미간을 찌푸리고, 같은 말을 반복한다면 그때는 정말로 손가락을 자르겠다며 으르릉거렸다.

마치 수라를 연상시키는 분위기에 복인흥은 어깨를 흠칫 떨고는 진정하라는 듯 양손을 들어 이번엔 한없이 비굴한 태도를 보이며 목숨을 구걸했다.

"부탁이니 죽이지만 말아주게. 그렇다고 사지 불구가 되는 것도 사양이야."

"……무인으로서 자존심도 없느냐?"

나락 끝까지 추락한 복인흥을 보고, 뒤에서 지켜보고 있던 진성이 멸시가 깃든 눈으로 물었다.

질문을 받은 장본인은 그저 어깨를 으쓱일 뿐, 긍정도 부정도 하지 않았다.

"일차 조사대라 하면, 무림맹의 장로 중 하나인 무당제일검이 포함된 이들을 말하느냐?"

대신 크게 고민도 하지 않고, 별걸 다 묻는다는 자세로 무당파의 원래 목적을 말에 너무나도 간단히 담는다.

복인홍이 알고 있는 체를 하자 진양의 동공의 크기가 확연하게 작아졌다. 유난히 동요하는 모습이다.

"죽었다."

"뭐?"

머릿속에 우레가 떨어졌다.

뒤통수를 망치로 쌔게 맞은 느낌이다.

머릿속이 하얗게 변질되어, 순간적으로 뇌세포 모두가 동시에 멈추고 기능을 잃은 건 아닐까 싶었다.

그 이후 찾아온 것은 격렬한 분노, 그리고 가슴에서 느껴지는 찢어질 듯한 고통이었다.

"청해 지부를 습격한 뒤, 일부러 무림맹의 주요 인물들을 데려오기 위해서 저 여자를 통해 조사대를 유인했다. 너희처럼 의심 하나 하지 않고 따라오더군 그래. 덕분에 내 소중한 강시들이 희생되어 무척 안타까웠어."

백 명가량의 시체로 만들어진 철피강시 부대를 모두 데려오지 못하고, 오십만 가져온 건 단순히 복인홍의 능력이 부족해서가 아니었다. 그렇다고 후의 싸움을 위해 여유로 아낀 것도 아니다.

일차 무림맹 조사대가 이차에 비해 인원이 작긴 했지만, 그렇다고 우습게 볼 정도는 아니었다.

책임자로 장로이자 무당의 제일가는 검수인 청곤이 따

른데다가 그 뒤로 무림맹에서 제법 이름이 알려진 고수들도 따라갔었다.

하지만, 불행하게도 화경의 고수가 존재하지 않는다면 복인홍의 강시 부대는 이길 수 없다.

이차 무림맹 조사대 또한, 만약 진양의 존재가 없었다면 지금쯤 차가운 시체가 되어 일차 조사대와 같이 황천에 남아 있을 터이다.

충격적인 진실과 함께 찾아온 침묵.

"이 개자식이이이이이!"

그 침묵을 산산조각 내며, 협곡 전체를 쩌렁쩌렁하게 울린 목소리가 울리면서 진성이 복인홍에게 달려든다.

그는 아직도 강시 피가 묻은 검을 쥐고 복인홍의 목을 베기 위해서 살의를 폭풍처럼 쏟아 냈다.

"사형!"

곁에 있던 진하가 번개같이 몸을 날려 진성을 말렸다.

하지만 그를 말린 건 그녀 한 명뿐이다.

다른 사대제자들은 진성과 똑같이 살기를 흩뿌리며 복인홍을 노려보고 있었다.

"이거 놔, 사매! 내 당장 저 새끼를 죽여 버리고 말겠어!"

"진정하세요! 마교의 사대호법이나 되는 인물을 여기에서 죽게 둘 수는 없다고요!"

전쟁에서 정보란 화경의 고수만큼이나 중요하다. 정보 하나에 전장이 판가름 나기도 하며, 절망적인 상황에서 기적으로 이끌어 승리할 수도 있다.

특히 사대호법 중 하나인 복인홍의 경우, 마교의 수뇌부이니 마교에 대해서 교주와 부교주 두 사람을 제외하고 잘 알고 있는 사람일 터. 그의 생명은 값어치가 대단하여 어이없게 죽일 수는 없었다.

"놔! 사매, 넌 화도 나지 않는 거야? 저 새끼는 관주님을 죽였어! 아니, 관주님뿐만 아니라 우리 무당파 삼대제자 분들을 모조리 죽였다고!"

정이 많은 성격인 진성이다. 게다가 누구보다 마음이 뜨겁고, 따듯한 남자다.

이 진실을 참아낼 수 있을 리 없었다.

특히 진성은 다른 사형제들과 비해 청곤과 돈독했다.

그가 강호에 나갈 자격이 생겼을 때, 그에게 찾아가서 함께 마두의 목을 베고 다니고 곁에서 검술까지 지도를 받았다. 사부는 아니지만 그에 견줄 정도로의 또 다른 정신적인 지주가 바로 무당제일검 청곤이었다.

그뿐이랴, 무당파가 아니라 먼 타지 땅에서 같은 무당파의 삼대제자들도 마찬가지로 소중했다. 서로 어깨동무를 하고, 몰래 술을 마시며 밤을 지새우기도 했다.

가족이 죽었다. 가족이 살해당했다.

그리고 그 살인자가 눈앞에 있다는 걸 생각하니, 진정하라 해도 진정할 수가 없었다.

또한 진성뿐만이 아니라, 이 자리에 있는 무당파 사대제자들 모두 그의 심경을 이해했다.

비록 무룡관 출신이 아니라, 청곤과 딱히 깊은 연이 있는 건 아니었다. 하지만 무당제일검이라는 별호와 함께, 검공을 익힌 사대제자들에게 존경을 받고 있는 청곤이었기에 그 분노는 거대했다.

"진하의 말대로다. 조금 진정해라."

선응이 낮게 가라앉은 목소리로 진성을 타일렀다.

"장로님! 장로님은 화도 나지 않으십니까! 저 빌어먹을 새끼가……."

그 말에 진성은 참지 못하고, 문파의 어르신에게 예의 없게도 추궁하듯이 욕설까지 섞어 뭐라 반발하려 했다. 하지만 그 말은 선응의 노성에 의하여 가로막혔다.

"진정하라고 했다!"

"장로님……?"

"나도 분하지 않은 것이 아니다. 화가 안 나는 것이 아니다……."

선응은 마치 십 년이라도 늙은 것 같이 노쇠한 목소리로 힘없이 중얼거렸다. 그 초라한 모습을 본 진성도 조금 진정했는지 날뛰는 것을 멈추고 검을 아래로 늘어뜨렸다.

"……장로님은 우리보다 더하면 더했지, 결코 덜하지 않아요. 사형."

슬픈 표정을 지으며 진하가 진성에게 다가가 어깨를 툭툭 치며 진정시킨다.

그 말대로, 청곤과 진성이 깊은 유대로 맺어진 것처럼 선웅 또한 청곤과 옅지 않은 유대로 이어져 있었다.

청곤이 진성의 어린 시절부터 함께하고, 강호의 선배로서 가르침을 준 것처럼 선웅 역시 어린 시절의 청곤을 알고 있고 나름 친분을 맺고 가르침을 주었다.

여기 있는 누구보다 청곤에 대해 잘 알고, 그를 아끼는 사람이 선웅이다. 하지만 사적인 감정 때문에 공적인 일을 망칠 수 없다. 그게 한 문파의 수뇌부가 할 일이다.

"시발……."

우울한 분위기 속, 진성의 욕설이 잔잔하게 울렸다.

第十二章

정마대전(正魔大戰)

"북사호법이 잡혔습니다."

이후, 황중 협곡에서의 싸움 결과를 무림맹보다도 일찍 소식을 받은 마교의 부교주 노굉은 그대로 천마에게 달려가 보고했다.

사대호법 중 한 명이 허무하게 패배하고, 심지어 살아서 포로로 잡혔다는 소식을 듣고도 천마는 크게 화를 내거나 실망하는 모습을 보이지는 않았다.

원래 황중 협곡, 즉 청해 지부 습격 사건을 계획한 게 천마가 아니라 북사호법 본인이어서 그렇다.

교주 천마는 칠 년 전에 폐관 수련에 들어가느라 교내의 일을 모두 다른 이들에게 맡겼기에, 사대호법 중 한 명인 복인흥이 자기 혼자 계획을 세웠다가 실패하고 스스로 죽은 것뿐이었다.

게다가 딱히 마교의 전력이 소비된 것이 아니다.

강시라는 것이 조금 아쉽긴 했지만, 그래도 주요 전력인 마교도가 아니라 이미 죽은 자들이 다시 쓸모없게 변한 것뿐이니 별로 감흥이 없었다.

"성과는?"

천마가 심드렁한 어조로 물었다.

"무당제일검으로 알려진 무당파 장로 한 명과, 사십 대 이하에 비교적 젊은 편에 속하는 신진 고수들입니다. 죽은 숫자는 그다지 많지 않습니다. 소규모입니다."

"끝인가?"

"아닙니다. 청해 전 분타주였던 연미가 넘겼던 정파 무림에 대한 정보입니다. 역시 분타주였는지라 제법 괜찮은 정보가 모였습니다. 그 외에는 무당파에 아직 서른도 되지 않은 화경의 고수가 등장한 정도입니다."

"서른도 되지 않았는데 화경이라고?"

천마가 관심을 보였다. 무림맹에 대한 정보를 뒷전으로 할 만큼 흥미로웠다.

무림팔존 정도는 아니지만, 그래도 화경이라면 제법 몇

수 겨룰 수 있다. 게다가 아직 어리다는 건 불세출의 천재라는 뜻, 아직 성장 가능성이 보이니 어쩌면 숙적이 될지도 모르는 인간이다.

싸움이라면 밥 먹는 것보다 더 좋은 천마이기에, 유난히 관심을 보이는 것도 이상한 일은 아니었다.

"금위사범으로 유명한 진양이라는 자입니다."

"오호!"

금위사범이라면 천마도 아는 이름이다.

관부와 강호는 관여하지 않는다는 불문율을 깨 버린 당사자. 금위군의 사범으로 유명한 무당파의 사대제자. 그만큼 진양의 유명세는 보통이 아니었다.

세상과 단절하고, 제법 오랜 시간 동안 강호 활동을 끊은 마교조차도 알 정도였으니까.

"정파에는 무림팔존밖에 없는 줄 알았는데, 그것만은 아니었구나. 하기야, 만약 정말 그런다면 재미가 없지."

천마는 턱을 매만지면서 즐겁다는 듯이 웃었다.

그는 폐관 수련을 통해 하늘도, 땅도 두렵지 않은 미증유(未曾有)의 힘을 손에 넣었다. 그 힘을 하루라도 빨리 과시하고 싶었다.

교내에서는 다들 자신을 두려워하며 회피하기 급급하지, 단 한 사람도 진심을 다해 싸우려고 하지 않는다.

중원에 마교의 정의를 알려주는 것도 중요하지만, 천마는 개인의 욕구를 푸는 일에도 중요했다.

"교주님. 말씀드릴 것이 하나 더 있습니다만……."

노굉은 천마의 즐거운 상상을 방해하지 않도록, 목소리를 낮추고 최대한 조심스러운 어조로 입을 열었다.

남들이 보면 너무 과한 감이 있지 않냐고 했겠지만, 절대 그렇지 않다.

천마가 괜히 천마가 아니다. 마성으로 가득한 마인들의 정점, 그 의미에 걸맞게 그 성질머리는 결코 보통이 아니다.

실제로 과거에, 회상에 잠겼던 천마에게 말을 걸었다가 고작 방해했다는 이유만으로 죽은 원로도 있었다.

사대호법도 아니고, 과거 마교를 이끌었던 원로를 고작 그런 이유만으로 죽인 걸 보면 천마의 머리가 얼마나 맛이 갔는지 알 수 있다.

"좋아, 허가한다."

다행히 생각보다 천마의 기분이 좋은 모양이었다. 약간의 고민도 없이 이렇게 관대한 처사를 보여 주는 모습을 본 노굉은 속으로 크게 안도했다.

"무림맹 조사대에 의하여 포로로 잡힌 개방의 여자는 그렇다 쳐도, 전(前) 북사호법 복인홍의 경우는 교에 대해서 너무 잘 알고 있습니다. 만약을 위해 자객을 보내 목숨을 끊는 건 어떨까 싶습니다."

"허, 어리석구나. 정말 어리석구나, 부교주여."

노굉에게 간언을 들은 천마가 혀를 찼다.

"죄송합니다. 미천하고 아둔한 저이기에, 잘못된 판단을 했습니다. 부디 용서해 주시옵소서."

천마에게 핀잔을 듣자 노굉은 고민 하나 하지 않고, 자연스럽게 이마를 바닥에 부딪치고 용서를 구했다.

그가 얼마나 천마를 두려워하는지 알 수 있는 광경이다.

"자네가 말하는 대로 복인흥은 본교의 규모나 구조에 대해서 알고 있네. 하지만 그뿐일세. 본교에게 전략과 전술 따윈 존재하지 않는데, 그게 무슨 상관인가?"

천마의 발언에 노굉은 속으로 몹시 탄식하였다.

교주가 뇌가 있는지 의문이 들었다.

자고로 전쟁이란, 병력이나 개개인의 무력만으로 이길 수 싸움이 아니다. 정보 하나하나르 집중적으로 분석하고, 전략과 전술을 이용해 최소한의 피해로 승기를 잡아야만 한다.

그러나 천마는 그럴 생각이 전혀 없어 보였다.

힘이 곧 정의라는 단순명료한 교리에 맞게, 순수한 힘과 병력만으로 무식하게 중원을 밀어 정복할 생각이었다.

나름 칠 년 동안 교를 이끌며, 머리를 써댄 노굉은 천마가 농담 삼아 말했기를 빌었지만 그 소원은 이루어지지 못했다. 머리를 살짝 들어 눈을 쳐다보니, 천마가 어떤 생각을 하는지 너무나도 잘 알 수 있었다.

'아아, 신도들은 저 모습을 보고 열광하겠지…….'

천마가 부교주뿐만 아니라, 수많은 신도(信徒)에게도 연설을 통해 말한다면, 그들은 열광할 것이다.

복잡하고 지루한 계략 따위가 아니라, 모든 걸 파괴하고 뒤엎을 수 있는 강력한 힘만으로 중원 무림을 정복하고 굴복시킨다. 그 말은 그들의 마음에 불꽃일 지를 것이다.

왜냐하면, 노굉조차도 스스로를 저주하면서 이미 천마를 끝까지 따르기로 마음먹었으니까.

그건 일종의 광기(狂氣)였다.

"적에게 조금도 생각할 틈을 주지 말라. 잔머리를 꾀할 시간적 여유도 주지 말고, 압도적인 힘을 보여 주고 사고의 자유를 공포로 묶으면 그만이다. 그게 우리의 방식이다."

* * *

황중 협곡에 진입했던 조사대 인원은 백여 명.

그중 생존자는 오십 남짓이었다.

이 인원들은 대부분 후기지수들이었기에, 그 손실의 의

미는 생각보다 컸다. 무림 정파를 이끌어 갈 인물들이 허무하게 강시에 의하여 죽었으니 그 충격은 컸다.

시신을 모조리 회수하고, 중상자와 경상자들을 부축하고, 마지막으로 복인흥과 연미를 구속한 채로 조사대는 청해 지부로 복귀했다.

청해 지부는 여러 의미로 난리가 났다. 아직 전의 습격에 대한 피해를 복구하느라 바쁠 때, 이차 조사대가 소식을 들고 와서 그렇다.

이차 조사대가 일차 조사대처럼 행방불명되지 않고, 무사히 돌아온 것은 확실히 좋았다.

그러나 분위기는 좋지만은 않았다.

일차 조사대가 모두 전멸한 사실을 듣게 된 이차 조사대였기에, 분위기는 초상집 마냥 참혹했다.

그뿐이랴, 마교 — 아니, 중원 무림 전체에서도 거물인 북사호법 복인흥이 포로로 잡혀온 덕분에 그분위기는 심각했다.

청해 무림맹 지부장인 우문독패는 제일 먼저 복인흥과 더불어 배신자 연미를 지하 감옥에 수감했다.

"설마 그녀가 배신자일 줄은……."

도기철에게서 연미에 대하여 들은 우문독패는 남들보다 큰 충격을 받았다.

연미와는 오래전부터 손발을 맞추며 청해에서 협력관계를 가져 왔기에, 정파의 누구보다 더 배신감을 느꼈다.

그 역시 한 지부의 지도자로서, 공적인 일을 배제하고 사적인 감정 때문에 연미에게 검을 꽂으려다가 다행히 선응과 도기철이 만류하여 참을 수 있었다.

이후, 지하 감옥에 출입을 엄격이 금하고, 서로 감시할 수 있도록 각각 다른 출신의 절정 고수들을 한 시진씩 교대로 경비를 서게 했다.

포로의 처리가 끝나자마자, 이차 조사대의 대표인 선응과 도기철은 우문독패에게 부탁하여 청해에서 제일가는 실력의 의원을 불렀다.

강시 부대와의 싸움으로 시독에 당하거나 내상을 입은, 중상자와 경상자 등을 치료하기 위해서였다.

사망자가 무려 오십이었는데, 피해는 거기서 그치지 않고 중상자 또한 상당히 많았다.

그 사태가 나름 심각해서, 청해 지부로 오는 도중에 두 명이 사망했을 정도였다.

대충 황중 협곡의 일을 정리하자, 우문독패는 곧바로 이차 조사대 인솔자들을 불러 부랴부랴 회의를 열었다.

좀 더 자세한 사정을 듣고, 이 사태에 해결방안을 내놓기 위함이다.

참고로 그중에는 진양도 껴있었는데, 그가 참석하게 된 것은 화경의 고수라는 입장과 더불어 협곡 일을 해결한 주요 참조인이었기 때문이다.

"안휘로 전서응을 보냈습니다. 청곤 장로를 포함한 일차 조사대의 사망 소식과 더불어, 이번 일에 대하여 간략하게 정리해서 보냈습니다."

사태가 다 정리도 되기 전에 본단으로 전서응을 보낸 것은 사안이 급급해서 그렇다.

복인홍이 말해 준 습격 건으로 인해 마교가 본격적으로 움직여 진군해 오고 있다는 걸 안 이상 한시가 급했다. 자세한 사정을 듣지 않아도 일단 급보는 알려야한다.

"현명한 판단이오, 지부장."

우문독패의 발 빠른 행동을 선응이 칭찬했다.

"그럼 좀 더 자세한 사정을 얘기해 주시겠습니까?"

"알았소."

팔짱을 낀 채로, 마침 입이 근질근질했던 도기철은 황중협곡에서의 일을 하나하나 세세하게 설명했다.

우문독패는 그 부분을 잊지 않고 나중에 전서응을 보낼 때 참조하려고 기록도 했다.

약 반 시진을 통해 도기철 뿐만 아니라 선응이나 진양에게도 이야기를 들은 그의 얼굴에 패색이 드리웠다.

정마대전이 일어났으니, 이제 이 청해 땅은 얼마 지나지 않아 마교와의 싸움으로 피와 살로 얼룩진 죽음의 땅이 될 것이다. 청해 지부장이 되고 각오는 했으나, 정작 이렇게 현실로 찾아오니 마음이 무거웠다.

"황중 협곡전(戰)에 참여한 이들에게는 미안한 말이지만, 괜한 소문이 흐르지 않도록 함구령을 내려야하지 않습니까?"

협곡을 다녀온 조사대 인원들은 중상자나 경상자들을 빼고도 모두 정상은 아니었다.

어제까지만 해도 같이 웃고 떠들던 동료가 죽었고, 개방의 분타주의 배신이라거나 혹은 강시와의 격렬한 싸움 탓에 무척 힘들어했다.

하지만 우문독패는 마교에 대해 낱낱이 알고 있는 복인흥이 여기에 있다는 것이 알려지면, 그를 처치하기 위해서 마교가 지금 당장이라도 쳐들어올 수 있는 것을 우려했다.

"그럴 필요는 없소. 아마 지금쯤이면 북사호법쯤 되는 인물이 연락이 되지 않으니 대충 상황이 어떻게 돌아가는지는 마교 놈들도 알고 있을 거요. 의미가 없소."

"끄응."

"장로님 말씀대로입니다. 이미 정마대전은 시작됐고, 마교는 출전하기 위해 한창 준비 중일 겁니다. 어차피 청해에 오게 되는 건 시간문제입니다."

선응의 말에 진양이 의견을 덧붙여 결정타를 날렸다.

죽음의 그림자가 드리우자 우문독패의 얼굴이 눈에 띄게 어두워졌다. 허나 그렇다고 당장이라도 자살할 것 같은 얼굴은 아니었다.

좌절과 절망이 아니라, 어떻게 해서든 이 난관을 헤쳐나가기 위한 열의로 조용히 불타오르고 있었다.

"하필이면 제갈한풍 공이 목숨을 잃다니……."

우문독패는 사망자 명단에 제갈한풍이 있다는 걸 듣고 특히 우울했다.

청해 지부 습격 이후, 그는 대부분의 문제를 혼자서 해결했다.

물론 청해 지부에 인재가 아예 없는 건 아니었지만, 그들은 대부분 청해 지부의 수복 때문에 무척 바쁘거나 혹은 정보 습득을 위해서 열심히 뛰고 있었다.

그런 바쁜 와중에 무림맹에서 조사대가 찾아왔고, 그중에서 정파 무림의 두뇌라는 제갈세가 일족이 왔다는 것에 안도했다.

실제로 조사대가 황중 협곡을 떠나기 전 그와 대화하여 지금 상황에 도움이 될 만한 조언을 얻곤 했다.

제갈한풍이 죽자, 그 빈자리가 얼마나 큰지 실감하게 된 우문독패였다.

"우선적으로 할 일은 수감된 그 둘에게 정보는 캐는 것입니다."

머리를 감싸 안고 괴로워하는 우문독패를 보고 진양이 의견을 꺼냈다.

"정보를?"

"예. 물론 순순히 토해 내지는 않겠지만, 그래도 마교 본대의 규모나, 혹은 본대가 청해에 도착하는 시간 정도는 알 수 있을 겁니다. 한 두 명도 아니고, 대규모의 군대가 움직이니 하루 이틀로는 부족할 겁니다."

그 말대로, 정마대전이 일어났다고 해도 바로 이튿날 마교가 청해를 습격하는 건 아니다.

전쟁은 전쟁이다. 단순히 힘만으로 승부가 결정되지 않는다.

아무리 마교가 뇌가 없는 무뇌충이라고 욕을 먹어도, 몇 만이나 되는 규모의 마인들을 동시에 움직이려면 보통 힘든 일이 아니다.

병장기도 챙겨야하며, 상처를 치유할 의원도 포섭해야 한다. 그 외에도 본대 하나만 운용 할 수는 없는 노릇이니, 분열하여 청해 외에도 다른 땅으로 보내야할 것이다.

또한 군량이나, 혹은 군마 등의 확보도 필요하니 보통

복잡한 게 아니었다.

"아!"

우문독패가 진양의 말에 감탄했다.

전쟁의 기본이라면 당연히 알아야 하는 사실이지만, 갑작스레 닥친 수많은 일 때문에 머리가 복잡하여 그만 생각하지 못했다.

그의 말대로 복인흥이나 연미를 통해서 마교에 대한 정보를 얻고, 이동 시간이나 규모 그리고 신강에서 이곳까지 얼마 걸리는 지 간단히라도 알면 계획을 세우고 그에 맞게 대응을 할 수 있다.

"과연……대단하군 그래. 설마 도사가 전쟁에 대해 이렇게 잘 알고 있을 줄은 몰랐어."

도기철이 순수하게 감탄 어린 목소리로 중얼거렸다.

그리고 살짝 눈을 돌려 선웅을 쳐다봤다. 최근의 무당은 제자들에게 저런 폭넓은 지식까지 알려주나 싶었다.

하지만 무당의 장로도 두 눈을 동그랗게 뜨고, 자신과 별반 다를 것 없는 얼굴을 하고 있는 걸 확인한 그는 진양만 보통이 아니라는 걸 깨달았다.

이런 말하기 뭐하지만, 정파 무림은 전략이나 전술에 대해서는 잘 모르는 편이었다. 알고 있는 자들은 대부분 낭인 출신이거나, 혹은 제갈세가의 일족뿐이었다.

이는 명문지파의 교육법에 폐해기도 했다.

무당파를 대표로 보자면, 그들은 제자들에게 도학에 관련된 철학 관념이나 무공을 주로 알려준다.

비록 무도(武道)가 주체이긴 하나, 그들은 정기신을 닦는 개념이지 힘으로 무엇을 강탈하고 승리하기 위해서가 아니다. 다른 구파일방들도 마찬가지다.

군략이나 전술은 관군들에게나 중요하게 여기지, 무림인들에겐 그다지 중요하지 않다. 약한 다수가 강한 소수를 상대하는 등의 기본적인 진법 정도만 교육하는 수준이다.

낭인의 경우 돈을 주는 곳이면 전장도 불사하고 달려들기 때문에 경험해서 그렇고, 제갈세가는 무공이 약하고 머리 쪽으로 연구하고 진화했다보니 그렇다.

진양은 무당파, 아니 나아가 강호에서도 전술이나 전략 등을 배우지 않았다.

전생에서 읽었던 서적이나 공부했던 것, 그리고 황궁에서 금의위들과 휴식 시간에 조금씩 들은 것이 있어서 이런 지식을 알고 있을 수 있었다.

"그다음은 어떻게 하면 좋겠소?"

우문독패가 진양에게 조언을 구했다.

그는 청해 지부의 지부장이라는 지위와, 강호의 선배라는 신분에도 아랑곳하지 않고 도움을 요청했다.

선응과 도기철은 그런 우문독패를 보고 살짝 놀랐다.

보통 저런 지위에 앉은 자라면 아무리 상황이 불리해도 자존심이 상해 부끄러워하기 마련인데, 아무렇지 않게 도움을 청하는 걸 보니 신기하게 보였다.

'과연, 괜히 청해라는 땅의 지부장 자리에 앉은 게 아니다.'

청해는 최전선이기도 하지만, 변방의 땅이다.

인구가 적고, 정파 무림의 세력이 적다는 건 무림맹 내에서도 입지가 좁으니 별로 대단하지 않다고 생각하기 마련이다. 하지만 그건 잘못됐다.

마교가 위치한 신강을 앞둔 청해는 엄연히 최전선.

그렇기에 능력이 없는 자를 지부장으로 배치할 수 없다.

우문독패는 정파인 특유의 꽉 막힌 사고가 존재하지 않았다. 명예를 크게 중요시 하지도 않는다.

굳이 따지자면 진양과 같은 부류. 즉, 목적을 위해선 자신의 명예는 그다지 중요하게 여기지 않는 인간성을 지녔다고 볼 수 있었다.

왠지 모르게 자신과 닮은 점을 찾은 진양은 그런 우문독패를 호의적인 시선으로 쳐다보며 물음에 공손히 답했다.

"일단은 개방을 대체하여 정보를 가져올 곳이 필요합니다."

"그게 무슨……?"

"무림맹 청해 지부에 정보를 공급하던 개방의 책임자는 연미 전 분타주였습니다. 어쩌면 그녀가 준 정보들은 마교에 유리하고, 맹에 불리한 것일지도 모릅니다."

"앙아, 확실히 그녀가 배신했으나 한 사람 때문에 개방 전체를 불신하는 건 올바르지 못한 행동이다."

선응이 허옇게 질린 눈썹을 구부렸다.

"장로님, 결코 그런 뜻이 아닙니다. 청해 지부에 소속된 개방도를 불신하는 것이 아니라, 그 정보들을 모아온 연미 분타주가 정보를 왜곡하고 수정했을까 걱정됩니다."

"끄응. 네 말대로구나. 오해해서 미안하다."

그제야 선응의 굽은 눈썹도 다시 펴졌다.

"좋은 의견이요. 그렇지 않아도 가끔씩 그녀가 전해 주는 정보 중에는 약간의 오차있는 것들이 있었소. 그때는 그녀를 너무 신뢰한 나머지 그냥 넘겼는데, 지금 생각해 보니 내가 너무 멍청했군."

우문독패가 한숨을 푹 내쉬었다.

이후에도 회의는 계속됐다.

군사적 지식을 지니고 있는 진양은 일단 알고 있는 바것을 바탕으로 우문독패의 질문에 성심껏 답해 주고 조언해 주었다.

물론 자신이 잘못 알고 있을 수 있다는 걸 아는 진양은,

제갈한풍이 아닌 다른 제갈세가의 사람들이나 군사적 지식이 있는 사람들도 불러서 조언을 받는 게 좋을 것이라고 충고했다.

며칠 뒤, 안휘에 보냈던 전서응이 답변과 함께 지부장실 창문을 두들겼다.

우문독패는 매의 발목에 묶인 서신을 받자마자 그 자리에서 뜯고, 첫 문단에 있는 여섯 글자를 보고 곧바로 집무실 문을 열고 어디론가 튀어나갔다.

정마대전 발발(勃發)

〈다음 권에 계속〉

DREAMBOOKS★

DREAMBOOKS★

DREAMBOOKS★